Caixão de vidro

HELOÍSA CARDOSO

Caixão de vidro

Copyright © 2023 Heloísa Cardoso
Caixão de vidro © Editora Reformatório

Editor:
Marcelo Nocelli

Preparação de texto:
André Balbo

Revisão:
Natália Souza

Imagens da capa:
Andréa Tolaini

Imagens internas:
Andréa Tolaini e Beatriz Barreto

Design e editoração eletrônica:
Karina Tenório

Dados Internacionais de Catalogação na Publicação (CIP)
Bibliotecária Juliana Farias Motta CRB7/5880

Cardoso, Heloísa
    Caixão de vidro / Heloísa Cardoso. — São Paulo: Reformatório, 2023.
    168 p.: 14x21cm

    ISBN: 978-65-88091-98-2

    1. Romance brasileiro. I. Título.
C268c   CDD B869.3

Índice para catálogo sistemático:
1. Romance brasileiro

Todos os direitos desta edição reservados à:

EDITORA REFORMATÓRIO
www.reformatorio.com.br

Sumário

Prefácio, 7

2017, 11
2009, 15
2010, 27
2011, 35
2012, 49
2013, 67
2014, 81
2015, 87
2016, 99
2017, 129

Não sei que ano é hoje, 161

Prefácio

"Penso frequentemente nessa imagem que só eu ainda vejo e sobre a qual jamais falei a alguém. Está sempre lá no mesmo silêncio, maravilhosa."

(Marguerite Duras)

Dos tantos atributos relativos ao Feminino — e aqui me refiro não só à Mulher — a Espera é certamente um dos mais fortes graças à ligação direta com a gestação, o cultivo e os cuidados em geral. Ao longo do tempo, construiu-se uma analogia relativa ao que recebe e acolhe, à Terra, ao interior escuro e lunar, em contrapartida ao Masculino que se lança à jornada exterior, ao Céu, ao espaço luminoso e solar. Tais princípios fundamentaram todo um imaginário por meio de histórias em que uma jovem morta ou adormecida espera pelo beijo de um príncipe, cavaleiro andante, que a trará de volta à vida. Imobilizada por um feitiço, a jovem repousa em um caixão e conta apenas com a ajuda exterior de alguém que percorreu longas estradas e, feito um deus que sopra e anima, promove a ressurreição. Desse imaginário, à revelia das transformações econômicas e sociais, sempre mais ligeiras, ergueu-se e mantém-se até hoje, uma forma de relação amorosa que faz da espera um modo de existência. O romance "Caixão de Vidro", de Heloísa Cardoso, retrata esse fenômeno.

A partir de experiência pessoal, a autora cria uma protagonista que compartilha conosco as etapas de um relacionamento abusivo pautado pela criação e pela frustração de expectativas. Ano após ano, do encantamento inicial ao desfecho, acompanhamos as táticas de sedução do agressor, suas estratégias de manutenção do afeto e a permanente manipulação emocional — um jogo há muito praticado e sempre vitorioso, mas que, dessa vez, terá resolução inesperada.

Em seu trabalho como dramaturga, atriz e diretora, Heloísa Cardoso toma a trajetória feminina como tema, com destaque para a subversão do imaginário. No texto teatral "Lolita", por exemplo, a autora denuncia o abuso sofrido pela famosa personagem de Vladimir Nabokov. Em outra dramaturgia, "A encomenda", faz uma releitura da "Odisseia", de Homero, e dá protagonismo às mulheres — não aos heróis já consagrados. No presente romance, o alvo é o caixão de vidro e o que ele representa, ainda hoje, para muitas de nós: a passividade.

É gratificante encontrar na escrita de Heloísa ressonâncias de outras escritoras, como a francesa Marguerite Duras. No romance "O amante", Duras também usa de uma abordagem autoficcional para falar sobre a iniciação sexual e o complexo relacionamento com um homem mais velho, vivido na adolescência.

As imagens que só Heloísa via, sobre as quais jamais falou a alguém, já não estão mais em silêncio. Transitando entre realidade e pinceladas de surrealismo, o leitor terá contato com a educação sentimental de uma jovem, da sujeição fria da espera pelo Outro ao caloroso impulso rumo a Si Mesma.

Adélia Nicolete
Outubro de 2023

2017

1.

Uma flor seca nasce no lado direito do meu rosto, logo abaixo do olho. A raiz adentra uma pinta de nascença. Ainda que desidratada, ela permanece viva por quatro segundos e eu posso observá-la através do pequeno espelho em cima da cômoda. Um ruído dissonante se espalha pelo quarto quando a flor cai e se esfarela no chão. Estranho que tenha nascido assim, sem cor, às vésperas do carnaval. Nunca vi carnaval tão escuro, meu quarto é banhado apenas pela luz de um abajur azul.

Qual a cor ideal para a ocasião? Eu serei pedida em casamento. Será que minha avó também recebeu uma proposta ou se casou sem ser perguntada? Quando viva, ela me ensinou a fazer crochê para que eu me distraísse e não fizesse muito barulho. Talvez tenha sido tricô. Tricô plissado cor-de-rosa parece uma boa. E tem alguns detalhes em renda. O vestido é antigo, ser pedida em casamento também é. Quero sorrir, mas não tenho mais o mesmo entusiasmo. Quando abro muito a boca para os lados, meus olhos ficam com os cantos cheios de vincos. Impressionante que a flor tenha crescido em terra tão árida. Há tempos minha pele não florescia.

Sento na beirada da cama, meus pés balançam, pendurados. Inclino a coluna para frente com o nariz hipnotizado pelo cheiro dos farelos no chão, a boca entreaberta. Como é que uma flor nasce já tão perto da morte? Quase engulo a tela do celular. É ele. Leio a mensagem no corredor andando até a porta para recebê-lo: *Me lavei. Me arrumei. Mas meu corpo me diz que é hora de partir. Vai doer agora, mas o futuro será feliz. Obrigado por tudo, me perdoe por não poder ficar. Com amor, P.*
Ninguém está do lado de fora.

2009

2.

É meu primeiro dia na faculdade de artes cênicas. Texto teatral, o nome da matéria já não é convidativo e, para piorar, estou atrasada. Estou sempre atrasada e não consigo me perdoar, não perdoo a displicência dos outros, que dirá a minha, não posso evitar. A faculdade parece mais uma grande casa em meio a tantas do Itaim Bibi, em São Paulo. Discreta, serena, com uma jabuticabeira no quintal. Vou até a recepção na esperança de ouvir: *a aula será ao lado da árvore* e me deparo com uma mulher robusta, os cabelos encaracolados e tingidos de vermelho. *Sua aula já começou, é naquela salinha no fim desse corredor.* Com licença, desculpe, por favor, finjam que a porta não rangeu, que não estou procurando uma cadeira, me deixem ser microscópica, incorpórea, quero morrer. Tem algo errado com esse professor. Ele é feio.

Eu, no geral, não me incomodo com as pessoas que acho feias, mas ele me irrita. Estatura média, pele bronzeada, barba por fazer, cabelo grisalho e um nariz que chama a atenção por ser pequeno demais, especialmente se comparado à boca.

No intervalo, as meninas cochicham sobre o quanto ele é bonito, jeito de homem sujo. É isso: acho ele feio porque parece sujo. Tento entender como um sujo atrai mulheres. Talvez por falar com segurança, usando palavras muito bem escolhidas. Ele nunca está errado. Sempre tem uma resposta que elucida com paciência, como um velho sábio que passa a mão nos cabelos para aquecer o cérebro enquanto a boca calmamente elabora um posicionamento. Se ele apontasse para o céu e dissesse: *veja bem, parece azul, só que é vermelho,* eu acreditaria. Ele explicaria em detalhes: *a gente foi acostumado a perceber o azul quando olha para cima. Acontece que a tonalidade da luz do sol é obviamente de um vermelho alaranjado por causa do fogo. O fogo está escondido, mas ele ainda queima ali, percebe?* Percebo. Perco o controle e de repente sinto o que todas sentem, acho o que todas acham, como um bicho em uma manada. Enfeitiçada, competitiva.

Muitas mãos se levantam para responder perguntas simples e meninas de minissaias cruzam a sala para usar o banheiro. Eu não fico bem de minissaia. Minhas pernas são finas, arqueadas, pernas de criança. Meus cabelos pretos e lisos são opacos como a pele pálida que me deixa com um aspecto frio, sem sabor, um leite desnatado esquecido no fundo da geladeira.

3.

Todo dia pego um trem, um metrô e dois ônibus para chegar até o Itaim Bibi. Sou de Santo André, uma versão menor de São Paulo, algo no meio do caminho entre a capital e o litoral. Moro em um condomínio de prédios chamado *Le Boulevard Résidence,* um refúgio afrancesado com uma piscina lotada de crianças e uma sauna que ninguém usa, no meio de uma cidade com o chão encardido, repleta de vendedores ambulantes. Para chegar na faculdade às oito e quinze, saio de casa duas horas antes, exatamente no momento em que o trem está mais cheio. Me perfumo inteira para ver meu professor, sinto que de nada vale em meio a tanto suor e gente espirrando. Sair do último ônibus e andar pelo Itaim é desbravar um novo país, onde há castelos e pássaros cantando pela manhã.

Na aula sobre Hamlet, descubro que sou Ofélia. É o que cabe a mim: jovem, apaixonada, sonhos rasgados, tendência ao desatino, tétrica, caliginosa. Não quero falar sobre Hamlet e sim sobre Ofélia. Ele também. Vira o rosto na minha direção e diz: *Ofélia não enlouqueceu porque foi rejeitada e sim porque foi deflorada. Hamlet deflorou Ofélia e depois matou seu pai.* Ele fala sem piscar, é isso, ele desvendou.

Como eu deixei vazar? Será que a turma toda vê? Ele me percebe como sou, incólume, desejante.
E agora?

4.

Ele enxerga meu hímen com olhos de raio x. Beija meu rosto nos corredores, sempre fumando, rodeado de alunas. Não consigo entrar nesses círculos, não fumo, não sei começar uma conversa sem soar desinteressante. Ainda assim, entro. Uma colega vai comemorar o aniversário em um bar, obrigada pelo convite, não posso, sou menor e não tenho documento falso. Ele para de fumar, os olhos também parados — em mim. *Você é menor? Dezessete? Achei que você tinha uns vinte.* Sorrio e saio da roda carregando o prêmio: vinte. Nunca alguém me disse isso.

    Rita me vê sorrindo, *por que você está feliz?* Tento parar de sorrir, a boca não cerra, me disseram que pareço ter vinte anos, ela ri, descarada: *que mentira! você tem cara de bebê.*

5.

Rita fala sobre sexo dia e noite. Ouvi dizer que sexo faz bem para a pele, talvez por isso a dela brilhe tanto, assim como os lábios, sempre umedecidos, que abrem e fecham sem parar. Rita conta para todo mundo quando ele puxa assunto com ela. Sinto ciúme de um homem malfeito, sujo. Piora quando descubro que ele tem namorada.

É aluna de outro período, um ano mais velha que eu, Marina. Parece uma boneca, dizem os meninos, e fala russo. Tenho algo de boneca também, daquelas bochechudas que as crianças rabiscam e arrancam os cabelos. Talvez seja melhor ser invisível.

Lá se vai outra semana, tomo café da manhã com Rita na padaria da esquina quando ele atravessa a rua acompanhado de uma mulher esguia. Espio pela janela, é essa a Marina? Rita gargalha mostrando todos os dentes antes de cobri-los com as mãos e emendar em um sussurro: *você não tá sabendo? O engraçado é que essa amante se chama Marina também.*

Essa amante. Quantas ele consegue ter? Imagino muito, imagino um vínculo nas nossas entrelinhas, sonho com todos os clichês de romance, fantasio que ele diz no meu ouvido: *só tenho olhos para você*, enquanto me agarra pela cintura em um corredor vazio da faculdade. O fato é que ele tem dois mares e jamais desejaria uma Ofélia. Minha virgindade é espinhosa. Acho que empaquei quando era mais nova, adormecida em meu caixão de vidro à espera do príncipe encantado. Recebo muitas carícias que poderiam ser o despertar, sigo presa em um corpo de menina que sofre sozinha e se afoga no córrego, um corregozinho sem graça. No mar seria mais bonito, mas não tenho essa grandeza. Quanto mais a água sobe, mais pálida eu fico.

6.

Nunca mais o verei.

Ele não volta para a faculdade porque namora aquela aluna. Está desligado, afastado, sem olhos sujos, sem cigarro, sem Hamlet, acabou. Estou escondida atrás de uma cortina e sou surpreendida com o transpassar de uma espada.

7.

Uma presença como a dele nunca morre. É injusto que morra.

A peça que ele escreveu é escolhida para nossa montagem de fim de ano. Minha personagem sequer tem nome próprio, aparece no texto como *Aliada* e tudo que preciso fazer é acobertar um namorado contraventor e alcoólatra, facílimo.

Alguém conseguiu falar com ele? — Perguntam. Eu digo sim, ele me disse que vem na segunda. Uma menina da turma morde a própria mão até ficar roxa, cobiçosa.

Na segunda dou o meu melhor. A *Aliada*, assim como o restante das personagens, revela seus conflitos com o namorado dentro de um vagão do metrô. Cuido de cada respiração para que o movimento do trem se materialize em meu corpo. Vivo, durante uma hora, o amor incondicional por um homem desastroso. Após todo o amor e desastre, os aplausos.

Corro para o camarim e me livro do figurino, quero que ele me veja arrumada. Ele entra para cumprimentar o elenco e a boneca russa o acompanha como uma sombra. Quando ela se distrai conversando com alguém, ele vai até mim, pisca e coloca a mão na minha coxa. É impressionante que em um camarim com tantas pessoas ele tenha conseguido fazer esse movimento sem que ninguém visse, como um réptil rastejante. Ele sai e eu espero alguns minutos antes de sair também.

Não sei o que aconteceu com Marina, ele está sozinho na calçada e nos abraçamos até ele quase me queimar com o cigarro.

Queria que ele tivesse me queimado.

Escrevo mais uma vez, quero perguntar: por que não me queimou com seu cigarro aquela noite? Pergunto apenas: qual sua opinião sobre a peça? Ele responde: *que tal pessoalmente?*

Um desejo incendiário e maior que todas as Marinas do mundo vaza dessas três palavras. Isso não é fantasia. Ele quer me tirar do caixão, matar meu pai e me afogar no córrego. Combinamos para janeiro.

2010

8.

Morar com os pais aos dezoito é horrível. Minha mãe quer saber aonde vou, com quem vou, a que horas volto. Digo a ela que vou a um café com Rita. Ele me busca de carro na Chácara Klabin, uma estação fantasmagórica da linha verde do metrô. As escadas são vazias, é possível ouvir o vento uivando mesmo sem muito vento.

O carro é prateado e pequeno, um modelo simples que não combina com a exuberância dele. Ele pergunta se eu gosto de cerveja. Todos os bares estão fechados. É domingo. A gente acaba em um café, no final das contas falei alguma verdade para minha mãe.

Ele pede água com gás e eu peço uma soda italiana de amora. Ele se espreguiça enquanto fala que nessa época as gotas de chuva medem oito centímetros de diâmetro. A camiseta dele sobe quando ele levanta os braços, a barriga flácida, cheia de pelos grisalhos. Nojo, como da primeira vez que o vi. Meu celular toca, é minha mãe, reforço que estou no café com Rita e desligo. Com um sorriso zombeteiro, meu professor me pergunta se ele é a Rita.

Diz que sempre teve dúvidas em relação à *Aliada*. Que achava a personagem fraca, pensou em tirá-la da peça e mudou de ideia quando me viu. *Sua abordagem é sensível, você é uma ótima atriz. Vou deixar a personagem na peça por sua causa.* Salvei uma personagem da morte, não sinto mais nojo. Olho para a moça do caixa e me pergunto se ela acha que somos um casal. Talvez seja a hora de ir.

    No carro, encontro um texto teatral de autoria dele. Ele me diz que é sobre fantasmas. Amo terror. O caminho de volta para a estação parece mais longo do que na ida, ele aproveita esse tempo arrastado para me falar alguma coisa enquanto aperta minha perna. Os dedos abertos sobre meu jeans desbotado me causam tontura, não consigo ouvir o que ele diz, não respondo. Chegamos na Chácara Klabin, ele me abraça, eu corro.

    Rita me pergunta como foi o encontro, eu digo a ela que era melhor quando platônico.

9.

Viajo para Curitiba com Rita para desanuviar. Ao longo do trajeto, leio o texto sobre fantasmas que roubei do carro dele, não sinto medo. Ele ainda está com Marina, por que pegou na minha coxa daquele jeito?

Já na cidade, assistimos a peças de teatro, bebemos vinho no hotel até que o tesão desponte. Rita me beija, o rosto quente. Ela acaricia minha vulva com o pé quando deito no sofá. Sinto curiosidade e medo, não entendo muito bem se gosto disso ou se quero que ela pare. Antes que eu possa decidir, Rita coloca o aparelho ortodôntico e dorme.

Existe um vazio que fica depois de um beijo que não se desenvolve, um buraco maior que qualquer desejo, uma melancolia. Penso nele. Decido caminhar sozinha na rua, coloco um casaco para enfrentar o frio. Vejo um letreiro brilhante que diz *Jonas Club*, entro, é uma festa de rock. Viro uma mistura de whisky com algum outro destilado que não reconheço, agarro um garoto com o dobro da minha altura, ele me joga contra a parede, quero que ele me tome, nada me entra. Ele é muito gentil, estou obcecada, bêbada. Chupo esse pau de látex, ninguém goza, me sinto burra. Penso nele. Rita me liga para saber onde estou, peço para ela me encontrar na frente do Jonas Club. *Olha pra esse lugar, um lixo, vamos procurar algo mais legal.* Perambulamos por dois quarteirões e encontramos um fumódromo agitado de uma festa sem letreiro. Entramos e escolhemos o mesmo homem. Nos lambemos, os três, o bolso do rapaz vibra, é a namorada.

10.

De volta à faculdade, eu e Rita apresentamos uma cena com aquele texto sobre fantasmas. Ainda penso nele. Rita esquece a fala, preciso jogar um pedaço do cenário na cabeça dela.

Escrevo para ele porque sinto que é minha única saída quando as coisas estão amargas. Estamos no carro, não sei para onde ele dirige e isso me assusta. Pergunto aonde estamos indo, *tem um vinho lá em casa, pode ser?*

No apartamento sou recebida por uma cachorra preta, a Bina. Ele abre a garrafa de vinho, coloca uma música triste e fala sobre a própria vida por horas. Interrompo para saber de Marina, ele diz que já faz um tempo que não estão juntos.

Ele enfia o dedo em um furo do meu jeans e alisa uma cicatriz que tenho na coxa — rasguei a perna brincando de cabra cega há uns seis ou sete anos. *Aquelas coordenadoras velhas querem dar pra mim, sabia? Eu não fui demitido da faculdade, pedi demissão porque não aguentava mais a enchação de saco.* As velhas têm a idade dele. Ele me puxa e me beija, uma língua mais invasiva do que as outras que experimentei, tenho um ataque de risos. Por que eu? Ele me olha confuso e eu continuo:

todas as meninas da minha turma querem você. Por que eu? *Achei você a mais bonita, a mais inteligente.* Ele apaga a luz, tira minha roupa, me joga no chão e me chupa. *Você é virgem?* Faço que sim com a cabeça. *Você quer fazer?* Faço que não. Ele coloca minha mão no pau dele e pergunta se eu posso terminar assim. Eu balanço a mão com os olhos fechados, não quero ver, ele respira cada vez mais rápido, a coisa esguicha, minha mão lambuzada.

Abraçados, colo meu rosto no dele. Pergunto de novo se ele está com Marina, ele me diz que não, que nunca a traiu, apesar de traição ser normal, *todo mundo trai.* Todo mundo? *Não todo mundo, todo homem. Você pode colocar a mão no fogo pela sua mãe, nunca pelo seu pai.*

Ele me leva de carro até minha casa, meus pais não estão, peço para ele entrar. Mostro meu quarto, a parede rosa, a penteadeira de camarim, os bichos de pelúcia misturados aos livros na prateleira. *Você é mesmo uma pessoa do teatro*, ele diz, *olha quantos livros!*

2011

11.

Quero ficar longe dele e atraio homens franzinos, pálidos, acabrunhados. Um deles diz que me ama, dorme ao meu lado, enfia o dedo dentro de mim, depois some. O outro me ama de verdade, me enche de flores, e aí quem some sou eu. Vivo beijando homens que gostam de outros homens na esperança de ser a primeira mulher amada por eles. Não consigo parar de beber, decido que terapia é uma boa ideia.

Deito no sofá com um idoso sentado sentado na minha frente. Choro todas as desilusões, a paixão idiota pelo professor. Ele me abraça por trinta segundos. Em seguida, me escreve que comeu um chocolate e pensou em mim enquanto sentia o doce derretendo na boca. Ele tem sessenta anos e eu dezenove, sempre achei que terapia não tinha calor ou constrangimento. Nunca mais piso no consultório.

Escrevo para ele mais uma vez e de repente estou dentro de seu carro, a caminho de sua casa — o melhor lugar do mundo.

Sofá, vinho, música triste, intermináveis monólogos. *Não fico mais com menina nova, não gosto, não dá certo.* Arregalo meus olhos de adolescente e ele completa: *com*

exceção de você, é claro, você é diferente. Conto sobre o psicólogo tarado, ele dá uma risada desajeitada. Pergunto se ele fala sobre a vida amorosa para a mãe, ele diz que fala sobre as namoradas, não sobre os pulos. Me pergunto se eu sou um pulo, a gente se agarra. *Você é virgem ainda?*
    Sim.

12.

Ele me pega no colo como se eu fosse uma recém-casada e caminha em direção à cama com lençóis azuis, tudo azul igual a um berçário, a lua está imensa e os dentes dele brilham, ele tenta meter e nada entra, choro de dor, *se você continuar chorando desse jeito não vai sair disso nunca*, nunca vi alguém sussurrar com os lábios tão cerrados, as sobrancelhas sérias. Com medo de jamais brotar, respiro, enfim, para que ele rasgue.

Uma imensa flor cor-de-rosa nasce em minha língua e começa a sair para fora de minha boca. Fecho a boca em desespero, caules seguem nascendo por toda a pele do meu rosto — tudo dói, sou um jardim. Mutilada, sinto o que a terra deve sentir na primavera. Ele arranca cada uma das flores. Meu corpo vira do avesso durante a colheita, é um transe, um terror, uma morte. Pergunto se saiu sangue, ele diz que não, mas eu sinto o cheiro. Vou ao banheiro, me olho no espelho e vejo o rosto vermelho, lambuzado. Me limpo com uma toalha branca e volto para o quarto exibindo-a. Morro sangrando, é a primeira vez que me sinto viva.

Quero que você guarde essa memória como algo bom, sou um amigo que você pode contar para sempre. Acho ruim a palavra "amigo". Ele vive dizendo que é insone. Dorme pesado e ronca como um animal. Quem faz a vigília sou eu, acesa em uma cama cheia de pétalas apodrecendo. São de amarílis, a belladonna. Envenenada por alcalóides, foi assim que morri — o sangue é detalhe.

 Ele desperta cedo, diz que precisamos sair. Pergunto se podemos ir mais tarde, ele diz que não. Pergunto se posso dormir lá o dia inteiro enquanto ele trabalha, ele nega sorrindo. Me pergunta se quero tomar um banho, eu aceito. Tomar banho sozinha nesse banheiro e ficar com o cheiro do sabonete dele em meio aos azulejos marrons é a melhor coisa que me acontece em anos.

13.

Sinto sem parar a dor do sexo como se ele houvesse serrado uma árvore dentro de mim. Encontro Rita e conto todos os detalhes a ela — agora eu também sei fazer o que ela tanto sabe. Rita me dá um abraço mole, parece medo de quebrar meus ossos: *preciso te contar uma coisa.*

Ela me diz que foi ao teatro dois dias atrás e ele estava lá, acompanhado de uma mulher. Não era Marina. Pergunto se é uma namorada, ela diz que não sabe, só sabe que ela é feia com sapatos bonitos. Percebo que não tenho cabeça para pensar sobre isso. Tudo me dói. *Ela deve ser só uma amiga, se ele te toma com tanta vontade.*

Meus pais me mimam com bons presentes vez ou outra, dessa vez foi uma estada de três semanas em Paris. Eles nunca foram a Paris, mas querem que minha vida seja um pouco diferente. Gosto dos agrados, quero todos eles. No entanto, minha tristeza e obsessão não desaparecem com a viagem, penso nele todos os dias. Ele havia me dito que eu amaria essa cidade, detesto. Suja, superestimada, soturna. Ele não me conhece. Compro chocolates e revistas de cinema para ele — a primeira pessoa que vejo quando retorno a São Paulo no fim das férias.

14.

Nossa segunda vez também dói, não tanto quanto a primeira. Ele me ensina a apanhar na cara, primeiro um tapa devagar, depois sem dó, um barulho que chega a ecoar. Eu acho graça. Lembra quando você me dava aula? *Ali eu já te batia em pensamento.*

15.

Meu cômodo favorito é o escritório. Fico sentada no colo dele enrolada em um lençol enquanto ele usa o computador. Vejo uma agenda nova na mesa e preencho a primeira página com todos os dados dele: nome, telefone, endereço, contato de emergência. *Eu adoro a sua letrinha, já gostava dela quando corrigia as provas da faculdade.* Saio do colo e fico zanzando melancólica como um fantasma, tiro um livro da estante: *esse é erótico, você vai amar.*

Noites depois ele sobe em cima de mim, isso só acontece porque você foi meu professor, *eu não dou a mínima para o fetiche, eu poderia ter te visto num bar e eu ia te achar uma gata mesmo assim, eu ia falar com você mesmo assim,* eu penso: que bobo, um velho num bar.

Às vezes nos vemos após poucos dias, às vezes após muitas semanas, dessa vez acho que faz um mês, deito no quarto dele, no peito dele, a carne exausta, a gente escuta essa música que diz *you touch me I hear the sound of mandolines, baby, you kiss me, with your kiss my life begins,* com seu beijo minha vida começa minha vida começa minha vida começa minha vida começa minha vida.

Quando ele não está, tudo é um borrão. Quando ele finalmente está, monto em cima dele e fico desesperada para mijar, calma, calma, eu tô com vontade de fazer xixi, corro para o banheiro e nada sai, volto para o quarto sem entender e ele diz que isso é vontade de outra coisa.

Percebo que nasci sem casca. As coisas não chegam até mim — elas me invadem. O mundo é uma catástrofe invadindo minha pele e eu fico tomada de ódio pela minha carne violentada. Tento arrancar a casca dele, arranco com as unhas.

Depois de um tempo de dedicação, peço para ele ler a primeira peça teatral que escrevi, eu agora escrevo peças como ele, quero fazer tudo que ele faz, ser como ele é, simbiótica. Ele diz que é uma das coisas mais bonitas que ele já leu.

Passo noites imaginando que se ele me leu e não me abandonou é porque gosta de mim. Tomo coragem, exijo mais presença dele nos meus dias, ele me diz que a coisa mais legal sobre mim é que eu sou sem regrinhas, para eu não estragar isso — me calo e não peço mais nada.

Eu tenho regrinhas sim, não quero mais vê-lo. Estou bêbada novamente, tento beijar homens que me detestam, tento agredir pessoas que eu mal conheço em festas, nunca me lembro de coisa alguma.

Transo com outro homem e odeio o sexo, odeio acordar ao lado de alguém que não é meu professor favorito, choro com saudade, escrevo coisas bonitas a ele deitada na cama de outro, corro para o apartamento dele e conto que matei meu peixe de estimação quando era criança, dei comida demais para o peixe e ele explodiu. Ele me abraça e diz que isso é normal. Só assim paro de chorar.

Todas as nossas tantas outras vezes são dias da semana, não entendo por que ele nunca pode aos sábados, muita gente começa a encontrá-lo acompanhado da mulher feia com sapatos bonitos, eu tomo coragem para perguntar quem é e ele finalmente me diz: *eu não tô sozinho.*

16.

 Você mente para mim há um ano. Eu entrei nesse relacionamento achando que você era solteiro. Não posso tolerar essa mentira, nunca mais me ligue. Isso é o que uma mulher forte diria. Apenas abro a boca numa expressão parva, muda, os olhos desfocados.
 Não estamos fazendo nada errado, minha relação é aberta. Percebo que isso não me alivia porque meu medo não é estar fazendo algo errado. *A relação é mais profissional do que pessoal. Ela trabalha comigo, produz algumas das minhas peças. É só isso.*
 Aperto os lábios e abro novamente apenas para perguntar o que acontece se a gente quiser namorar. Ele responde que não vale a pena queimar o cérebro com hipóteses e me convida para a estreia daquela peça ruim sobre fantasmas. Diz que pode reservar um convite para mim, eu aceito.
 A estreia é em um Centro Cultural gigante em Pinheiros, preciso de um elevador para chegar ao teatro, que fica no terceiro andar. Vejo através de janelões de vidro o bairro ao redor, silencioso de um jeito que Santo André nunca foi (e Paris também não). Encontro a namorada pela primeira vez. A produtora. É para essa mulher

que preciso pedir meu ingresso. Ela pergunta em nome de quem é minha reserva. Digo o nome dele, ela me encara com atenção. Rita tem razão, os sapatos são bonitos. Desbotada, um pouco alta demais, nariz torto, o corpo sem forma. Tem a idade dele. Pego meu ingresso.

No fim da peça, estou em uma roda de pessoas que conversam sobre coisas que não escuto. Ele entra na roda, ela vem atrás. Não quero vê-la e me parece que ele também não, sai da roda antes de mim. Vou para a área externa, ele vai em seguida para fumar, nenhum cigarro nas mãos.

Preciso de dias para digerir o encontro, acabo na casa dele mais uma vez e peço para que ele apague a luz antes do sexo. Ele pergunta meu peso. Quarenta e sete. *Esse é o peso ideal, nem mais, nem menos.* Decido iniciar uma dieta para permanecer assim. Quando como demais, vomito.

Um ano comigo e ele passa o réveillon com ela. Enquanto isso, mergulho no mar e vejo um pequeno peixe que me acompanha sozinho. Ele se perdeu do cardume. O mundo acontece diante de seus olhos assustados e ele não tem com quem partilhar.

2012

17.

Meu primeiro teste para participar de um filme. O diretor diz que precisa tirar fotos de mim. Precisa ter certeza de que não tenho cicatrizes. Tiro a roupa, fico de lingerie como pediu. Diz que preciso tirar a lingerie. Cubro o rosto com as mãos e meu choro é tão alto que não se esconde. Ele me manda calar a boca, apaga as fotos na minha frente para que eu fique quieta. Saio de lá desamparada, não quero mais ser atriz. Me lembro que a faculdade acabou e agora estudo dramaturgia. Eu só escrevo, assim como ele.

Quero ser ele, quero que ele seja eu. Toda ajuda que eu preciso ele me dá. Ele traga o cigarro enquanto abraço o corpo dele na cama e pergunto: é tudo amor, não é? Ele solta a fumaça e responde sim.

Sim.

18.

Eu queria que ele me olhasse da mesma maneira que um homem triste olha para uma mulher impactante. Mas ele me olha da mesma forma que um homem alegre olha para uma mulher estúpida. Ele ri dos meus problemas, me acha boba, marca encontros só para sumir e me deixar esperando. Grávida. Quantas vezes pensei que estivesse grávida e sozinha. No fim, apenas sozinha.

Bebemos vinho enquanto ele fala dos sonhos que não se realizam e trocamos as taças. Eu quase vomito. A taça dele tem gosto de cadáver, a boca dele está em decomposição. Não quero fazer alarde, bebo o vinho putrefato até o fim.

19.

Ele escreveu um único espetáculo no qual a namorada não é produtora. É exatamente nesse que sou estagiária. Faço um pouco de tudo, colo cartaz, divulgo, ajudo na contrarregragem e, na estreia, a acompanhante é ela. Na plateia, ela deita a cabeça no ombro dele. Quando a peça acaba, recolho todos os objetos de cena. É hora do jantar.

Na mesa do restaurante estamos eu, ele, ela, minha chefe e quatro amigos deles. Sento de frente para o casal. Minha chefe percebe que tem algo estranho e me chama para ir ao banheiro. Murmuro embargada: ele foi meu primeiro. *Fica calma, garota, ele gosta de você, é óbvio.* Lavo o rosto e volto. A namorada solta: *as meninas foram ao banheiro e nem me chamaram.* Desagradável.

A tensão se alastra. Sinto que tenho torcida, ninguém gosta muito dela. *Essa menina é um furacão*, diz um dos homens. Orgulhosa, respiro com força enquanto ela fala sobre planilhas. Ele está encolhido, diz que está com dor de cabeça, precisa ir para casa. Minha chefe distrai a mulher. Ele me abraça e sussurra: *te ligo amanhã.*

Essa ligação é para conversar sobre qualquer coisa, nossos sabores favoritos de sorvete e o quanto ele reprova meu gosto pelos mais artificiais, meu professor da escola de dramaturgia dizendo coisas que ambos discordamos, a chuva, mais uma vez a chuva com suas gotas gordas, como se o dia anterior não tivesse acontecido. Nenhum de nós queria que acontecesse.

20.

A existência dela me irrita e a única coisa que me acalma é ocupar lugares públicos com ele. Meu programa favorito é quando vamos ao supermercado escolher vinho e chocolate. Gostamos de chocolates caros e vinhos com nomes engraçados, como um chamado "Gordo", que tem um pug desenhado no rótulo. Odeio quando ele decide comprar as coisas sozinho e diz: *deixa que eu vou, fica quietinha no carro*.

No apartamento dele, escuto sobre as namoradas do passado, mulheres exuberantes, mulheres famosas, mulheres que ele chama de monumentos. Eu choro. Ele me coloca de volta no carro e eu continuo chorando, o rosto colado no vidro. Ele quer me deixar em casa, se perde e pergunta em qual rua deve entrar. Não abro a boca e ele encontra o caminho sem minha ajuda. Estaciona, enxuga minhas lágrimas e diz que eu sou uma gatinha muito chorona. Entro em casa, me sinto desabrigada.

Passo dias me lamentando, ligo para ele e falo que não quero mais ser amante. Ele vai até mim de carro e, quando eu entro, não dá a partida. Diz que precisamos de um tempo para dar um jeito em nós dois. Pergunto quanto tempo, ele me pede um mês. Choro de novo, sei que ele vai me abandonar. Ele tenta me acalmar: *Eu não vou desaparecer, não sou assim*. Me beija e volto para casa com a sensação de ter perdido um órgão vital.

Abro a porta do meu quarto e me deparo com um caixão envidraçado no lugar da cama, o mesmo caixão que me manteve inalterada na adolescência. Não quero mais dormir dentro disso, é uma morte ruim — acontece que não há outro lugar. Deitada, o vidro embaçado, sinto na boca o gosto de cadáver que senti quando bebi o vinho da taça dele. É quando um vulto humanoide se curva sobre mim.

A sombra pressiona a tampa do caixão até que ela se quebre, os cacos de vidro me cortam inteira. Sangrando, tento escapar. O vulto me agarra pelos cabelos e bate minha cabeça na parede. Fujo. Enfurecido, ele joga todos os livros da prateleira no chão enquanto, encolhida sob a mesa da penteadeira, engulo um comprimido para dormir. Não adianta tentar sair do quarto. Quanto mais eu durmo, menos dói. Durmo em meio aos cacos e livros no chão, durmo encolhida e ensanguentada, mordendo o travesseiro. Dizem que esses comprimidos nos deixam menos tristes.

21.

Agosto é o mês dos nossos aniversários. Compro um livro de poemas para ele. O mês acaba e levo o presente para o reencontro, mais uma vez no carro. Ele leva um livro para mim também, a dedicatória diz: *uma das coisas (são poucas) que mais me importam e me interessam na vida está neste livro. Dando este livro para você, deixo contigo um tanto do que sou feito (você é feita disso também). Com amor, P.*
Folheio o livro quase desfazendo as páginas, não sei que coisa é essa, não sei do que somos feitos. Tudo que sei é que ele não me abandona, não quer me abandonar. Confessa que quer terminar com ela. Tento tirar a roupa dele dentro do carro, na rua do meu prédio. Alguns vizinhos caminham com seus cães na calçada e a luz do poste é fraca.
Na rua não, ele diz. Chupo o pau dele mesmo assim.

22.

Dias se passam e eu volto a esperá-lo na Estação Chácara Klabin. Ele me busca de carro e segue em uma direção que nunca vi. Pra onde a gente vai? *Tem um meio-irmão em casa, a gente vai pra um motel.* Você vai pagar um quarto pra gente transar? *Eu vou pagar um quarto pra gente ter paz.*

Espelhos por toda parte, tiro fotos de cada centímetro do quarto. *Por que você não traz a Rita e a gente faz os três?* E por que você não traz o seu meio-irmão?

Quatro horas se passam como se eu tivesse piscado, não quero desgrudar, é o momento da despedida. Você sente ciúmes de mim? *Não.* Nem um pouquinho? *Um pouquinho sim.* Acha que eu tô velha? *Você é uma boba. Seu auge vai ser aos vinte e cinco. É a idade mais bonita de uma mulher.* Quando você tinha vinte e cinco, eu tinha dez.

Outra noite, outro motel, esse tem uma banheira de hidromassagem e eu digo: parece que somos milionários. Ele tenta ligar os jatos direcionados e um cheiro de queimado invade o quarto. Morro de medo e imagino o quarto pegando fogo enquanto boiamos na água, até que seria bonito um final desses.

23.

Escrevo mais uma peça, tudo que escrevo é sobre esperar por ele, esperar que ele me ligue ou que ele me mate. Mostro orgulhosa e ele diz que não gostou.

A peça é premiada, em poucos meses ganho uma publicação e viagens ao Rio de Janeiro para falar sobre o meu trabalho diante de pessoas com o dobro da minha idade. Se impressionam com o texto, *tão imaginativo, ela é um prodígio!* É tudo tanto e esse tanto simplesmente não importa — ele não gostou.

24.

Enjoo dos motéis e exijo um jantar. É comendo num restaurante que, pela primeira vez, sinto a paixão sem a clausura de um quartinho escondido e decadente, sinto o amor como quem sente prazer.

Toda noite penso nele antes de dormir e abraço uma pelúcia, penso nas coisas que ele faz comigo, durmo e acordo, durmo e acordo num movimento de ansiedade por nós, por ele.

A casa dele não tem meio-irmão agora, estamos aqui, uso maquiagem, vestido, sapatos, escuto tudo que ele diz com muita atenção até que todas as maquiagens, vestidos e sapatos derretam, até que eu esteja apenas revestida por pele, exposta, esperando palavras que são atravessadas pela invasão antes de nascerem.

Ainda com a cabeça e o coração doloridos pela madrugada, preciso falar alguma coisa e não sei bem o quê, ele não quer ouvir mais nada, ele quer dormir olhando para o canto e não falar sobre nós — ele respira alto como se ainda fosse um filhote, ele ronca — eu durmo e acordo, durmo e acordo.

Penso nele antes de dormir, em um quarto de adulto, agora a pelúcia é ele, eu penso nele e me agarro a ele, sorrio ao perceber que o mesmo homem que foi tão violento comigo minutos antes é uma pelúcia em minhas mãos, um cãozinho que dorme. É bonito.

Acordada, vejo que ele acorda, ele deita com o corpo perpendicular ao meu corpo, a cabeça no meu ventre, faço carinho nos cabelos, na barba e nos pêlos todos, é o meu cãozinho, ele beija a minha perna, pula faminto por rua, vai para a rua com a cadela e eu tomo um banho sem estar suja, com ele nunca fico suja, porque é ele. Seco meu corpo e, sobre a pia, vejo a escova de dentes de uma mulher. É branca e rosa, igualzinha à minha. Mijo e uso a escova para limpar a privada, esfrego com força.

Saio do banheiro, ele me oferece leite e digo: eu não bebo leite. Ele faz café.

Eu bebo o café e observo duas ilustrações grudadas na geladeira, tem um homem com a boca igual a dele e uma mulher com o sofrimento igual ao meu, fico me perguntando se foi a dona da escova de dentes quem grudou isso, se também sofre. Meu amor atende o telefone e eu sei que é ela.

25.

Carro, passo uma imensa quantidade de tempo com ele dentro do carro, é como se fôssemos viajantes. Peço para que ele guarde o dia 27 de dezembro de 2012, pois é quando completaremos dois anos juntos. É óbvio que o dia já está marcado. Ele anota meus dias na agenda, se dispõe a cultivar o amor através de datas que só nós dois sabemos, ninguém acredita que ele me ama. As pessoas me dizem que se ele me amasse, terminaria com a outra. Eu não tenho muita certeza se é assim que funciona. Julia concorda com essas pessoas.

Julia é uma menina grandona, dentes separados, ela agora trabalha comigo, dirigimos juntas a primeira peça que escrevi. *Ouça o que você mesma diz. Passou um ano sendo amante sem saber. Perdeu a virgindade com um homem comprometido sem saber.* Eu odeio ele. Ele não é um monstro. *Claro que ele não é um monstro, monstro é quem vende órgãos. E se você quer mesmo saber, ele só tá com essa mulher ainda porque você tá no meio. É um tripé. Se tira uma perna, desmonta. Você, de alguma forma, ajuda o relacionamento deles a funcionar.*

Tenho aceitado muita coisa. Aceitado ser minúscula, musa abobalhada, sonsa. Perna de tripé ultrapassa todos os limites. Decido terminar.

26.

A gente precisa conversar. *Onde?* Eu peço pra gente escolher uma praia. *O mar é muito longe, a gente não chega, é melhor algum lugar em São Paulo mesmo.*
Não existe, eu penso, não existe lugar na cidade que comporte o que vai acontecer, eu preciso te dizer tudo de uma vez e correr para a água depois, foi você quem me ensinou o afogamento, a falta de ar, eu preciso voltar para lá, para o escuro das ondas, escuro das coisas, você já lavou tudo aquilo que existia dentro de mim, eu preciso que o mar me lave por fora, eu não vou conseguir recuperar nada daquilo que você me tirou, eu vou tirar você de dentro de mim e isso vai gerar tempestades, não há calçada na cidade que suporte as rachaduras, não há estabelecimento que sustente essa lembrança, só o mar comporta porque ele comporta o mundo inteiro, ele comporta tragédias de guerra e de fome, então talvez ele comporte tudo aquilo que eu perdi, tudo aquilo que eu vou romper, o mar me chama para a queda.
Se ele diz que é longe, me rendo — o mar vai ficar aqui dentro. Me busca em casa e a gente vai para algum lugar. *Olha, se você quer me encontrar pra fazer isso que*

eu acho que você vai fazer, eu prefiro que você faça agora por mensagem. Não. Por mensagem eu não faço, não.

Chove muito e eu espero por horas, ele não aparece. *Peguei uma enchente, tô voltando pra casa, te ligo quando estiver seguro.* Ele demora a ligar. Remarcamos para um café perto da casa dele.

Pela primeira vez, ando da estação Chácara Klabin até nosso ponto de encontro, não há carro, não somos mais viajantes.

Trombo com ele no meio do caminho e nos abraçamos como se meu corpo fosse cair em cima do dele, um abraço artificial.

Andamos em silêncio até o café. Chegando lá, tiro da bolsa o livro que ele me deu e coloco em cima da mesa. Devolver um presente dói tanto que começo a chorar. Você me diz que — *Eu vou te interromper aqui porque você vai começar a falar merda. Você vai falar sobre o quanto você sofre, como se eu também não sofresse com tudo isso. Olha o que você tá fazendo!* Sigo chorando, ele pega o livro e vai embora. Sozinha na mesa, tudo o que eu tinha a dizer ainda dentro de mim.

Passo uma hora ali, os ombros encolhidos, as pálpebras pesadas e molhadas, longe de casa. Volto sem carona e sinto-me tranquila. Foi melhor assim. Melhor assim. Não vai doer, não vou sofrer tanto. O vento bate em meu rosto e percebo que nada faz sentido.

Abandonar alguém que ainda amo é como ser abandonada. O mundo vai ter que começar de novo e isso é esforço demais para uma pessoa só. Não vou conseguir, tenho certeza que não vou conseguir.

Ele é minha droga favorita. Na falta dele, me entupo de medicação. Amor também é vício. Desisto, é impossível, escrevo para ele, explico por que fiz aquilo, digo tudo que não pude dizer naquele café, fui enganada desde o começo, maltratada, você precisa me escutar. Tomei as pílulas com intenção de morrer, apenas apago. Ao acordar, vejo que ele respondeu.

Não te respeito mais, ele diz. *Te interrompi ontem porque sabia que você falaria essas coisas, como se eu fosse um deflorador de virgens desavisadas. Interrompi pra não perder o respeito, agora perdi. O problema é você. Você é uma filhotinha do amor romântico.* Peço desculpas, ele ignora.

Abro a janela, quero pular. A janela do meu quarto dá de cara para a rua onde ele parava o carro. Eu nunca mais vou ver o carro dele lá.

27.

Hoje é dia 27 de dezembro de 2012 e faz uma semana que rompi. Nosso aniversário de dois anos virou missa de sétimo dia. Nunca vou saber se ele reservou a data mesmo, às vezes ele fazia isso de dizer que reservou e desmarcar em cima da hora.

2013

28.

Presto atenção nesse menino novo no curso de dramaturgia. Os cabelos escuros como os meus. Tem uma escrita provinciana, exala alguma beleza. Gosto de encará-lo, de sorrir para ele, de olhar até que ele entenda. Ele entende, me beija. Com a língua lenta e o rosto inclinado, o beijo é simples como ele.

Sou atriz em dois grupos e dramaturga em três. Trabalho com teatro sem descanso, estudo, colho frutos e no tempo vago entrego-me a esse menino.

Meus amigos são amigos dele, almoçamos todos os dias, viajamos para um sítio, ele conhece meu avô. Tudo aconteceu para que eu vivesse uma vida pacata assim, até ele dizer que não me quer mais. Não tem motivo, só não me quer mais. Estaciono. Quero parar de estudar, trabalhar, comer, sozinha novamente.

29.

Ensaios. Rita é uma atriz maravilhosa, Julia é uma co-diretora intolerável, discorda de tudo que eu crio. Não quero falar com Julia, mas não quero que ela me abandone, prefiro sofrer. Eu e Rita sofremos, faço questão do sofrimento, é melhor que o desapego. Julia me induziu a terminar e flerta com ele agora. Flerta e me diz: *não vá atrás dele. Ele tá casado com a produtora, usando aliança e tudo.*

Aliança. Um investimento do tamanho de uma promessa de eternidade. Isso me faz pensar sobre o quanto as pessoas mudam em um curto período de tempo. Ou sobre o quanto as pessoas fingem que mudam. Ou sobre o quanto as pessoas nunca mudam: ele preso, eu livre. Ele adulto, eu criança. Como sempre. Estou insuportável. Os lábios enrugados, andando sobre saltos imensos e invisíveis, os dedos como garras prestes a arranhar qualquer um. Sento em uma cadeira para relaxar.

Uma dor de cabeça crônica que começa nas laterais do crânio e se estende até à frente desde que aconteceu aquilo. Eu tenho pensado naquilo tanto, tudo aqui dentro.

Meditativa, lembro da noite em que resolvi esmagar vaga-lumes com as mãos para comer as luzes, eu me pergunto se não é esse tipo de lembrança que está comprimindo o meu cérebro até que ele sangre.

Os dedos dos meus pés amortecidos. Percebo que eles desapareceram, tornaram-se líquido azul, o corpo inteiro se degenerando e virando essa coisa. Azul. De baixo para cima. Não morrer, com toda a tragicidade da morte, sumir, com todo o mistério do desaparecimento. Seria um paraíso sumir de vez, não sumo. Estou inteira de novo, constato. É hora de transar.

30.

Encontro uma porção de homens. Outros professores, outros meninos caipiras, outros. Sinto que são todos meus, por algumas horas. Meus homens. Meus homens com os cabelos de antracite, cabelos de cinzas de cigarro, pêlos de cerrado, peles de pães crus, fermentados, embolorados.

Meus homens com pensamentos de crisálidas, pensamentos de tempestade.

Meus homens com as bocas de júpiter em combustão, dentes de lobisomem em lua cheia, línguas de febres dominicais.

Meus homens com as sobrancelhas de neblinas, sobrancelhas de irídios, de esfregões de limpeza.

Meus homens com narizes de monarquias absolutas, barbas de urtiga, de lixo europeu.

Meus homens com os ombros de dinossauros fossilizados, peitos de tábuas tortas, costas de calor, pescoços de carne mal passada.

Meus homens com os braços de jararacas, pulsos de ponteiros de relógios desordenados, dedos de farpas, de agulhas de vacina, de bordas de papel sulfite, de sobremesas açucaradas.

Meus homens com os pés de atobás, pés de máquinas para pegar ursos de pelúcia.

Meus homens com as pernas de relíquias arqueológicas, barrigas de todos os reflexos de todos os gritos surdos, barrigas de verões.

Meus homens com movimentos que acompanham o meu ventre, sexos de espumas de mares quentes, sexos de banquetes agridoces, sexos de monóxido de carbono, sexos de surra e olhos de fúria.

Meus homens com os olhos de patas de insetos, olhos de equipamentos portáteis de visão noturna, olhos de grutas ocas, de noites nos desertos. É cinza como a tarde no começo e azul como a neblina no depois.

31.

Imersa em tempestades, eu sabia que isso aconteceria depois que cada um seguisse o seu caminho. Estou devastada, maluca. Se ele ainda estivesse aqui, eu ainda estaria girando em torno dele. Agora eu diluo meus eixos e os desequilíbrios têm sido cada vez mais frequentes, por mais que o esforço tenha sido na direção contrária. Sinto falta da cadela Bina.

Acho que ele me amou e eu quase não vi. Ele me mimava, me dava docinhos. Lembro dele achando meus olhos gigantes na escuridão do princípio.

Tem uma peça que ele escreveu em cartaz, tenho certeza que ele assiste a todas as sessões. Não me importa que ela também esteja.

32.

Chego ao centro cultural do Bom Retiro, ele está fumando na calçada. Espero ele sumir. Eu me sento na mureta e respiro. Entro, a peça acontece em um galpão repleto de sofás. Uma peça experimental que dura a madrugada inteira, por isso ele sai para fumar quando quer. É sobre a insônia que ele nunca teve.
    Ele está deitado em um sofá, eu sento atrás. Ele vira a cabeça e, num susto, se levanta. Vem até mim e beija meu rosto enquanto eu tensiono cada pedaço dos meus ombros. Sérios.
    Ele some. Eu engulo o choro e controlo a respiração, engulo o choro e controlo a respiração, sempre me perguntei se o que eu sentia por ele era real ou era um sentimento da lembrança do que eu imaginei que ele fosse, então descubro que é real, eu choro um pouquinho e engulo novamente. Ela surge. Eu não me importo.
    Eu assisto. Ele está lá. Ela está lá. Eu me sinto à vontade, me sinto no sofá da casa dele. Ele me traz vinho. Estou no sofá, me espreguiço, Bina abana o rabo e me lambe. Eu saio, fumo, a verdade é que estou há mais de 9 meses de distância do sofá. Volto a assistir, ele some. Não quero ir embora. Depois de quatro horas, vou.

Ele está na calçada mais uma vez. Sorri para mim e diz tchau. Eu não sei sorrir para ele.

Durmo e acordo em minutos. Estou aqui e ele lá. Eu acabei de acordar, mas faz meses que não durmo.

33.

A minha morbidez é tão somente desejo.

34.

A peça que dirijo com Julia estreia em Santo André e ele está na plateia.

Quando acaba, puxo ele para um canto e nos abraçamos, corro com ele para fora do teatro, estou descalça, vestido e maquiagem azuis. Continuamos o abraço na calçada imunda, sinto a aliança pesada no dedo dele em minhas costas enquanto meus pés esfregam a sujeira áspera. Ele me beija com uma suavidade que nunca vi, como se fôssemos dois velhinhos tímidos e habituados à intimidade.

Todos os corpos têm seus risos, alguns adormecem na sede do abraço, outros têm tremores oníricos-noturnos e há aqueles que respiram ofegantes. O dele tem braços de tragédia. Todas as noites antes de dormir ele repousava a mão sobre a testa como um Édipo sofredor, os braços desenhavam toda a tragicidade das fábulas, e então ele apagava.

Sinto falta da tragédia. *Preciso voltar pra casa, tem gente doente lá.* Ele se refere à esposa. Eu também preciso ir embora. Para longe, o mais longe que puder.

35.

Quero tirar a roupa dele com cuidado e medir o corpo com a língua. Quantas línguas minhas são necessárias para traçar uma reta da testa até os pés? Quero atropelar a pele dele com minha saliva, engolir o gosto.

Sigo morando no condomínio *Le Boulevard*, ainda choro sozinha em um quarto de menina todas as noites, enquanto meus pais assistem televisão na sala. Tudo estacionado como os carros dessa garagem do prédio. Estou sozinha aqui, andando em direção ao elevador.

Ouço o barulho do reservatório de água e decido seguir o ruído com os olhos fechados. Será que algum carro vai me acertar? Será que o reservatório vai explodir e serei engolida pela água? Ouço também barulho de vácuo, barulho de assombração. Abro os olhos: uma porta com buracos. Há monstros do outro lado da porta, há monstros do outro lado de mim. Retorno ao caminho do elevador. Foi bom me imaginar estraçalhada.

Ele me liga. Estou indo embora, eu digo. Consegui um mestrado em Londres. Vou daqui uns meses, vou para morar.

2014

36.

    Pendurada no celular, no meio do aeroporto, converso com Rita. Ela não consegue parar de se despedir. Rita mistura a emoção de me perder com a emoção de acontecimentos recentes em sua vida, o que inclui uma infecção venérea.
    Eu transei sem camisinha com mais de um, confiei em todos. Quando liguei pra avisar da infecção todos se fizeram de desentendidos. Os homens mentem, amiga, em qualquer lugar do mundo. Por favor, me prometa que você vai se cuidar.
    Prometo, Rita. Não sei me cuidar, mas prometo.

37.

A adolescência, as cachaças, as rimas da minha língua, as pequenas casas noturnas tão quentes, a falta de rigidez das madrugadas, o meu amor. Tudo isso está falido e estou sentada em frente à Abadia de Westminster. Aqui deixo que meu olhar flua pelas pedras. Eu vejo casamentos, vejo milagres, vejo sangue. Meu sexo se esvai. Eu estou aqui, quero estar ali, nas paredes, nos vitrais. Quero ser uma pintura, uma estátua, dura, sem calor, sem suor e esses gritos.

No museu, observo "Cupid complaining to Venus", de Lucas Cranach, e um pai explica o quadro para o filho. Ele diz que sempre que há prazer, há dor, ele diz isso com o peso dos adultos, a criança talvez tenha entendido. O sofrimento e o amor. Os amores alegóricos de Paolo Veronese. Eu estou procurando amor em todas as paredes, posso vê-lo até nos sexos das virgens, nos olhares desencontrados de Robert Campin. Rembrandt fez um autorretrato aos 34 anos de idade e outro aos 63. Ele está com uma aparência similar, porém usa tintas mais escuras e borradas no quadro mais recente. Deve ser terrível. Viver até que os órgãos, as peles, os sentidos escureçam e se borrem.

38.

Trabalho em um pub e detesto os afazeres. Penso em tirar a roupa por dinheiro. Servir cerveja para homens é praticamente a mesma coisa, só ganho menos.

Meus colegas do mestrado não trabalham como eu. Não gosto de precisar trabalhar. Queria passar o dia apreciando arte. Poderia me aposentar hoje mesmo, tenho muitos interesses, preencheria bem meus dias. Aquele ruivo franzino precisa de uma bebida agora.

2015

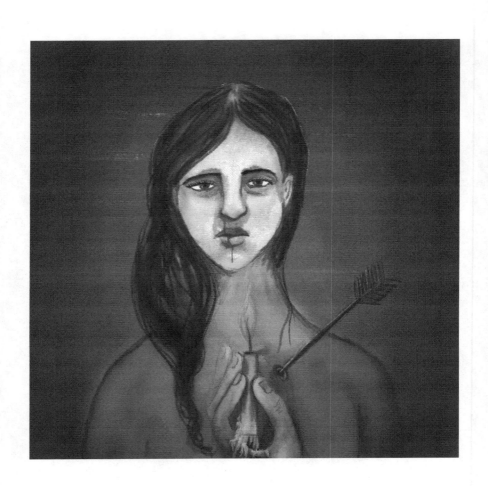

39.

Moro com uma britânica da minha turma. Ela odeia tudo, fala mal de todos, acho que podemos funcionar enquanto dupla. Somos sedutoras, eu com meus olhos grandes e ela com seus longos cabelos louros. Ela é viciada em batom vermelho e eu em sabonete líquido de morango. Listamos os homens que conseguimos abocanhar. Passo por um alemão, um norueguês e um esloveno. Ela está obcecada por um inglês. Um brutamontes que torce o braço de mulheres que o rejeitam.

Chego do trabalho à noite e escuto os dois brigando no quarto. Mando mensagem perguntando se ela precisa de ajuda, ela diz que não. A briga se estende durante toda a madrugada, não durmo. Ouço gemidos e não sei dizer se é uma transa, não me parece que eles transariam depois de tantos gritos. Não quero ser invasiva e entrar no quarto dela, se eu chamar a polícia ela pode ficar brava. Mando mais mensagens e ela não responde, ouço os passos pesados do homem saindo da casa, silêncio absoluto. Durmo por duas horas e de manhã ela já não está. Três dias se passam até que ela retorne, está com o queixo roxo.

Ela frita um ovo com a minha espátula. Pergunto se ela se lembra de ter transado com ele. *Tive um apagão, só lembro de alguns pedaços, ele me forçou a fazer.* Vamos pra delegacia agora. *Não quero falar com a polícia, eu gosto muito dele.* Ela fala sibilando, não muda o tom, tudo é natural, como se um estupro fosse um espirro.

Ela pode não ter medo dele, eu tenho. Ele sabe que escutei o crime, sabe onde moro. Pego a espátula da mão dela: isso não é seu, é meu. A gente vai falar com a polícia agora. O hematoma arroxeado quase desaparece no vermelho de seu rosto, os braços dela se estendem para pegar a espátula e eu desvio. A serpente me empurra contra a parede e aperta meu braço até que eu fique roxa também, seus dentes estão tensionados numa expressão de ódio que parece um sorriso macabro, estou imóvel tentando entender o que aconteceu, o ovo queima na frigideira. Saio correndo e me escondo na casa de alguns amigos. Essa cidade não é um lar. É o momento de passar férias em São Paulo.

40.

Estou trancada com Rita em meu quarto, tudo familiar e confortável. Escrevo o nome dele em uma vela com mel enquanto Rita abre uma garrafa de vinho branco. Não vou encontrá-lo sóbria, não consigo. Sem um pouco de feitiçaria, já não consigo também. *Escolheu uma lingerie boa? Vai dar tudo certo.*
É agosto e faz muito frio em Santo André. O caminho para a estação de trem é feito de ladeiras que apontam para baixo, como se levassem ao inferno. Quanto mais eu desço, mais alto é o barulho de vendedores ambulantes. Olho sempre para o chão porque tudo ao redor é poluído, de forma que só vejo a massa de pés apressados saindo da estação. Reconheço os pés dele. Ele usa tênis de corrida, um contraste com a personalidade intelectual. Finjo sobriedade e me alongo no abraço. Andamos até um restaurante mexicano, o caminho é mais longo do que calculei. Apesar de ser um lugar com comidas convidativas, pedimos apenas cervejas. Estou ansiosa demais para comer, acho que ele também.
Ele me conta que agora faz parte da comissão de um edital de dramaturgia. *Seus textos são melhores do que a maioria que li. Eu escolheria você.* É claro que ele me

escolhe. Conto que, no fim do mestrado, quero dirigir uma tragédia contemporânea, destinos terríveis, mortes violentas por amor. Posso ver que ele visualiza, com assombro, o sangue. Contar as ideias para ele é como concretizá-las, ele faz tudo parecer possível. Ele escuta com o corpo inclinado na minha direção e os ouvidos visivelmente abertos, um estado de atenção que nunca presenciei, ninguém me ouve assim. Pedimos uma cerveja atrás da outra como se elas não custassem dinheiro. O garçom começa a limpar a mesa, são duas horas da manhã, não vimos o tempo passar. Meus pais estão viajando, a gente pode continuar a conversa lá em casa, se você quiser. Caminhamos um pouco mais.

A vela com o nome dele arde sobre uma prateleira no alto. O quarto não sofre transformações desde a adolescência, ainda é esse híbrido de livros, bonecas de porcelana e bichos de pelúcia. Sentamos lado a lado na cama de solteiro, tudo muito rosa brilhando sob a luz amarela que vem da penteadeira.

Ele acaricia minha calça, os dedos apertam minha cicatriz. *Foi muito feio aquilo tudo que te escrevi lá atrás. Me desculpa, você terminou comigo e eu fiquei muito nervoso. Como a gente resolve isso?* Subo no colo dele e dou o beijo mais importante de nossas vidas, o beijo que fará com que ele volte para mim. Agarro o pescoço com as minhas unhas e enfio a língua como se fosse lamber a garganta — não comi antes e agora sinto fome. Funciona. *Desde que você foi embora, não teve um dia que não pensei em você, sabia? Pensei em você a cada dia, todos os dias, sem exceções.* Eu também, bonito. Você tá casado. É isso? Você vai ficar com ela pra sempre e eu vou ser amante pra sempre? *Nada é pra sempre, as coisas mudam.* Então permaneço para que elas mudem. Você me ama? *Te amo. Muito.* Sei que é real porque ele fala sofrendo, a voz fica mais aguda quando ele sofre.

Apago a luz, ele tira minha blusa. E então aquilo de sempre.

41.

Tarde de terça-feira, nosso último encontro em um motel antes que eu retorne a Londres. Em cima de mim, dentro de mim, ele segura minha mão. Arranco a aliança dele enquanto ele me come.

Relaxamos juntos com a hidromassagem da banheira, sob uma luz roxa de cromoterapia. *A vida cotidiana é um esgoto, sabe? Isso aqui que a gente tem é a fuga do esgoto, uma das únicas fugas possíveis, você faz o esgoto sumir.* Ele me encara e continua: *A gente vai fazer uma viagem bem bonita quando você voltar. Vou resolver nossa situação clandestina. Vou te escrever todos os dias, esse ano longe vai passar rápido.* Amo quando ele fala "clandestina" ao invés de "escondida". Você é lindo. Lindo, lindo, repito para perder o sentido, nunca perde.

Quero que ele vá embora comigo. Antes do voo, ele me entrega poemas de amor do Drummond. *Guarda na mala*, ele diz.

42.

Batom vermelho e vestido preto. Sentada em um colchão inflável, ligo a câmera do computador. Moro na sala de uma casa agora, não tenho dinheiro. Ele atende. *Você tá bonita.* Vou para uma festa hoje. Já tô com saudade. Vou voltar antes do combinado, tá? Eu dou um jeito. Desligo.

Minha colega entra na sala: *com quem você tava falando?* Meu namorado, digo.

As mensagens apaixonadas aos poucos se tornam pragmáticas. Envio uma pergunta e a resposta vem depois de três dias. Por que demorou tanto? *Tô cheio de problemas.* Ele escreve como quem diz: *você não deveria me perguntar, é feio cobrar assim, você me atrapalha quando me cobra.*

Estou pesada.

43.

Dou um ultimato: adoro quando você me liga e detesto quando você não responde. Tudo que me deixa feliz você corta e o que me faz mal você repete. Às vezes parece que faz de propósito. Eu fui deitar e comecei a chorar por causa disso. Não quero ficar chorando e perdendo o sono. *Sou um poeta,* ele responde. *Se relacionar com um poeta é muito difícil, pois não gosto de prazos ou relações protocolares. Eu estou destruindo meu casamento por brincar de "maridinho" com a minha "esposinha" e não quero fazer igual com você. Perceba que eu não te cobro. Sou apaixonado pela presença e pela intensidade das coisas, achei que você fosse assim também, como eu. Você me quer sabendo que sou desse jeito?*

Sou ridícula. Passo a semana pensando e escrevo para ele mais uma vez: você não me cobra atenção, mas cobra silêncio. Eu devo esconder o que existe entre nós. Eu acharia melhor se você me cobrasse atenção. Meus sentimentos evoluíram e agora tenho certeza do que sinto. Quero passar o resto da minha vida com você. Se você não quiser, já pode me dispensar agora. *Talvez eu vá pro meio do mato, me dá um mês.* Um mês. Aterrorizante reviver aquele mês de 2012, dormindo em um caixão todo estilhaçado pelo vulto que me espanca.

    Trabalho durante o natal, passo a virada de ano dentro de um ônibus a caminho de uma festa péssima. Trânsito. O silêncio dele me adoece.

2016

44.

Suicídio indolor é minha pesquisa mais frequente. Me tranco no banheiro do trabalho e da universidade, não consigo me destrancar de mim. Começo a fumar, é um jeito de sentir o gosto dele.

Um dos módulos do mestrado é "teatro russo" e a universidade oferece um intercâmbio de um mês em Moscou. Me disseram que os professores são muito duros, grosseiros, mas que se aprende mais do que um ano na Inglaterra. Não tenho energia para um inverno tão rigoroso, também não tenho coragem de deixar um aprendizado desse tamanho passar. Estou escalada para o grupo que viaja em fevereiro.

45.

    É fim de janeiro, ele me procura. Age como se as coisas que escrevi para ele no final do ano não existissem, conversa comigo como se não houvesse um mês de silêncio entre nós. Estou deprimida, digo. *Você não tá deprimida. Você tá triste porque a vida é ruim. Essa é a vida: ela é ruim o tempo todo e tem raros momentos bons. Então é natural que você passe a vida triste.* Não consigo parar de pensar em suicídio. *Você não é o tipo de pessoa que poderia se matar.* Por que você tá bravo? *Eu não tô bravo, tô preocupado.*
    Passa mais duas semanas sem falar comigo.

46.

Ele sabe que eu entro em abstinência, enfraqueço com os silêncios e retorno mansa, fazendo cada coisinha do jeito dele. Eu também sei.

Preciso desabafar e escrevo sobre isso no meu blog. Tento traçar uma trajetória e entender como as coisas chegaram a esse ponto. Não cito nomes. Julia, que eu detesto, lê meu texto e me escreve: *já te disse, acho ele um manipulador.* Ele também lê e me liga.

Nunca ouvi tantos gritos. *Escrota, você é uma escrota. Todo mundo que sabe sobre a gente vai achar que eu sou um monstro. Por que você tá comigo se eu sou um monstro?* Me desculpa, eu precisava de ajuda, precisava falar, desculpa, eu posso apagar se você quiser. *Não adianta apagar agora.* Você vai me abandonar por causa disso? *Não. Eu te amo.* Ele desliga e deleta todas as redes sociais.

47.

Estou em Moscou, há um corredor de árvores entre meu apartamento e o ponto de ônibus. As árvores estão sem folhas, os galhos tortos completamente cobertos pelo branco da neve. Esse branco fica cinza quando a neve cai e se encontra com os sapatos que passam pisoteando. Cinza, pisoteada, tudo dói. O ar gelado é hostil, não parece um lugar que seres humanos deveriam habitar, esqueço as luvas sobre a mesa de cabeceira e sinto os dedos das mãos queimarem. Achei que o congelamento fosse muito diferente da queimadura, as dores são parecidas, tanto a felicidade quanto a tristeza me paralisam.

Agora ele me liga todos os dias, como se de repente sentisse medo que eu desaparecesse nesse lugar bulhento. A voz está amuada: *Estou muito doente. Uma cardiomegalia, não sei ao certo se é só isso. Parece grave, ando fraco.*

Eu vou voltar antes para ficar com você, lembra? Vou adiantar minha passagem. Chego em três meses, pode ser? *Pode.*

48.

De volta a Londres, preciso dirigir minha peça trágica antes de partir. Há alguns meses entrou um russo-libanês na minha turma que é com certeza a pessoa mais bonita que já passou pela minha vida. Comprido, os dentes frontais grandes e ligeiramente tortos, tatuagens desconexas, um cabelo castanho bagunçado, tudo caótico, o caos que se move e deságua nos olhos, nunca vi olhos com tanta dor, de um azul-acinzentado frio. É um pandemônio, vai se destruir e destruir tudo ao redor a qualquer momento. Peço para ele me ajudar com a peça. Não só aceita como faz tudo por mim. Confecciona objetos de cena, transforma um palco verde em branco, me consola quando estou frustrada, passa a barba no meu pescoço quando me abraça, cheira cocaína como quem bebe água. O nome dele é Sahib, que pode significar "companheiro" ou "mestre". Para mim, ele é um pouco dos dois.

Acaba a temporada do espetáculo, essa é minha última noite na cidade. Sahib me convida para a casa dele, conversamos no sofá, ele deita no meu colo, aos poucos aproxima o rosto do meu, e beija um beijo que sonhei durante todo o tempo que estudamos juntos. Ele me joga na cama e lambe meu pé direito, meu corpo inteiro se arrepia, olho para ele sem acreditar. Cada mordida que ele me dá na perna é inacreditável, a boca que morde se mistura com braços frenéticos que me mudam de posição o tempo todo, como se ele estivesse caçando algo dentro de mim, farejando até o buraco do meu ouvido. Ele encontra o que procura e goza uma vez. Duas, três, quatro, cinco, tudo o que ele precisa está aqui. Ele tem um círculo preto tatuado em volta do umbigo, uma tatuagem feia que o transforma em um vórtex. Fico tonta com o redemoinho, perco o ar. *Não quero que você vá embora.* Dormimos grudados.

O despertador dele é mais alto que o normal, parece um alarme apocalíptico, tudo nele é esse fim de mundo. Tomamos café da manhã e ele precisa trabalhar. *Isso não é um adeus, eu vou para o Brasil te ver.* Não promete o que você não consegue cumprir, você não tem dinheiro. *Eu arrumo dinheiro, vou te ver de novo de qualquer jeito.*

No aeroporto recebo mensagens de Sahib dizendo que gostou de mim desde a primeira vez que me viu. Eu também, meu amor. Eu também.

49.

Caminho dentro de um hotel no centro de São Paulo. Mal posso ouvir o trânsito do início de noite, esse lugar parece deslocado da rua em que está, como se estivesse levitando. É silencioso, com quadros de natureza morta ao lado de relógios no corredor. Não sei se os relógios estão aqui ou se estou alucinando. Paredes amarelas costumam trazer conforto, essas são tristes, um amarelo sujo, acho que ninguém se hospeda aqui. Toco a campainha do quarto número 33, seguro uma sacola cheia de presentes e cartões postais. Ele abre a porta, parece fatigado. Pulo em um abraço que dura quase um minuto.

Ele deita-se na cama e tosse sem parar. *Minha situação piorou muito. Meu coração está bem inchado e isso me causa problemas respiratórios. Não posso fazer nenhum exercício físico, nem mesmo sexo. Não tem cura. Eles podem tentar impedir que o coração cresça mais, mas ele não volta para o tamanho normal. O risco de ataque cardíaco é constante.*

Encosto a cabeça no peito dele para ouvir o coração gigante e choro. Imagino a possível morte dele, nosso futuro comprometido, nosso sexo que não acontece. Ele imagina junto comigo. Nunca precisei cuidar de alguém doente, só de uma cadela durante a adolescência — ela morreu. Não quero que ele morra assim, sozinho. Essa atmosfera de morte me deixa muda, ele também só respira, nem mesmo o relógio do quarto faz barulho, está quebrado, é uma suspensão, um sonho ruim. *Peço para que você guarde segredo sobre isso. Eu preciso trabalhar e as pessoas param de te chamar quando sabem que você está doente.* Claro.

Ele pede um táxi para que eu chegue segura em casa. Te amo muito. Eu vou te ajudar a passar por tudo isso.

50.

A cada semana me encontro com ele em uma cafeteria diferente. Quando estou sozinha em casa, ele me faz companhia. Ofereço as maçãs mais vermelhas. Enquanto ele engole a fruta, engulo o pau dele. *Vou passar o dia dos namorados com você.* Passa internado.
Isso não é cardiomegalia, diz Rita. *Eu perguntei pro meu amigo médico, ele disse que cardiomegalia é comum, não deixa ninguém tão mal assim. Ele deve estar com algo mais sério, um câncer, e não quer te falar.*
Pergunto a ele se é câncer. *Não é câncer, também não é só cardiomegalia. Tem uma gastrite atrófica autoimune, o que me impede de comer quase tudo. Fica tranquila que eu tiro todas as dúvidas com um médico renomado. Mais confiável que a Rita ou as pesquisas que você faz na internet.*
Ele piora a cada dia.

51.

Sahib me liga três vezes por semana: *estou juntando dinheiro, vou para o Brasil. Com certeza daqui um mês já consigo comprar a passagem.*
Sonho com esse amor tão distante, um homem que poderia me oferecer meu maior desejo: a morte. Ele odeia a si mesmo e ainda assim se exibe para mim. Quanto mais amigável ele tenta parecer, mais frio ele soa. Quero matá-lo, quero matar qualquer um para chegar até ele. Nada é maior e mais aterrorizante do que amar cada rabisco em sua pele. Esse amor é precipício, assalto em supermercados, erva que voa, gaveta com cheiro de lavanda, furadeira, bichos mortos e vivos, gritos noturnos e um maço de cigarros. Quero fumá-lo até que ele desapareça.
Um mês voa, ligo: conseguiu o dinheiro? *Consegui e precisei pagar meu dealer. Me desculpa. Eu amo você.* Se ele viesse para o Brasil, eu abandonaria o moribundo. Ele não vem.
Tudo muda bruscamente e sem motivo, agora Sahib sequer responde minhas mensagens. Escrevo: não quero ser tratada assim, se você realmente se importa, pode me ligar. Ele nunca liga, sinto que minha cabeça encharca, sou um aquário e há um peixe cheio de dentes roendo meus ossos.
Acabou o sonho. Sou toda dele de novo, meu amante empalamado.

52.

Sai da casa dos seus pais, diz Rita. *Vem morar comigo no Ipiranga, tô sozinha, tem um quarto vazio no apartamento. Vai ser mais fácil, você pode receber ele em casa sempre que quiser. É uma cama de solteiro, vocês dão um jeito, né?*

53.

Adivinha a mão, ele diz com punhos cerrados assim que abro a porta. Mão direita. Errei. O chocolate está na esquerda. Quer um pedaço? *Você sabe que eu não posso comer isso. Pode comer na minha frente, eu gosto de te ver feliz.*
Dou uma dentada no chocolate quando a campainha toca. É o zelador esticando o pescoço e olhando para dentro da casa de Rita, que agora é também minha casa. *Só quero saber se está tudo bem.* Sim. Fecho a porta. O interfone toca. Mais uma vez, o zelador: *preciso de uma lista das pessoas que você recebe na sua casa.* Eu não vou te dar uma lista. Recebo familiares, amigos e meu namorado, como qualquer pessoa normal. Você não precisa saber mais que isso.
Acho que o zelador gosta de você, ele debocha. *Gosta de você e tá com ciúmes.*

54.

A vida de estudante acabou e agora dou aulas de teatro em dois lugares: para crianças em uma escola particular e para adolescentes em um projeto social. Me dou bem com os adolescentes, temos o mesmo senso de humor, já das crianças tenho um pouco de medo. Não sei muito bem como responder quando elas falam comigo, acho que nunca poderei ser mãe. Ele tornou-se um filho para mim desde que adoeceu e sinto que isso é suficiente. Preciso aprender a dirigir, pois quando nos casarmos sou eu quem levará ele ao médico. Tento mensurar quantos anos ele ainda tem de vida, com quantos anos me tornarei viúva. Vou velar o corpo dele para sempre ou vou morrer junto, o fato é que não terei mais ninguém.

Antes de escolher o vestido preto do velório, escolho o branco de noiva.

55.

Hoje completo vinte e cinco anos de idade e ele adentra a sala carregando um livro de Virginia Woolf. A dedicatória: *we work in the dark — we do what we can — we give what we have. Our doubt is our passion, and our passion is our task. The rest is the madness of art (Henry James). Partilha de trajeto, esse livro. O que importa realmente vive nesse partilhar. P.*

Entramos no quarto, puxo ele pra pequena cama. Dessa vez ele não me interrompe, não diz que não pode, a coisa simplesmente acontece como se a doença tivesse evaporado. Esperei por quase um ano. Ele se derrama por completo em meu útero: *olha só, consegui fazer sem morrer. Então a gente pode fazer sempre, né? Acho que sim.* Você acha que eu sou uma namorada ruim? *Não.* Então por que não se casa comigo? *Separar é difícil, eu preciso do plano de saúde.* Você quer se casar comigo? *Quero. Quero e vou.* Mostro a foto do vestido de noiva que escolhi, ele acha bonito.

Amanheço com coceiras e enjoo. Ligo: você me passou alguma doença ou fez um filho em mim. *Eu tô limpo e nunca engravidei uma pessoa na vida.* Me disseram que sua esposa já teve um aborto. *É mentira.*

56.

A primeira menina por quem me apaixonei fazia todos se apaixonarem. Ela sentava no colo dos meninos. Gostava de um bonitão, não de mim, ele diz. Também quero confessar: uma vez me apaixonei por um russo-libanês e achei que ele nem me via. Quando menos percebi, transei cinco vezes seguidas com ele. *Eu não quero saber quantas vezes você transou com ele.* Por que fechou a janela? *Não quero que o vizinho veja a gente fodendo, ele vai se apaixonar por você.* Sinto um arrepio com esse anúncio do que está por vir, ele enfia dois dedos na minha boca e tira minha roupa quase rasgando as peças. Espero o pau dele dentro de mim e recebo um tapa na cara, outro na bunda, outro na cara, outro na bunda, gosto quando ele fica bravo assim. Ele me puxa pelos cabelos até a sala, me joga de quatro no sofá e me invade. Espero que Rita não chegue. Depois de gozar fica dócil, ele adora gozar dentro de mim, acho que quer um bebê. É sexta-feira à noite e ele quase dorme ao meu lado.

E aquele chaveiro que eu te dei? Você ainda não pendurou na sua chave? *Não, eu esqueci de novo.* Você esqueceu ou jogou fora? *Eu esqueci.* Você jogou fora. *Se você não confia em mim, fica difícil manter uma relação.*

57.

Começo a me maquiar e tento fazer algo diferente dessa vez: um delineado gatinho. Acontece que um olho fica diferente do outro. Tento outra vez, acho bonito, tenho medo dele reparar que não está simétrico, apago. Desenho e apago, desenho e apago, até parecer um guaxinim com o borrão preto ao redor dos olhos. Desisto. Lavo o rosto e faço uma maquiagem que não é o que eu queria. Algo mais discreto, ele vai pensar que sou bonita assim naturalmente. *Vai pra uma festa?* Rita pergunta ao me ver. Hoje ele vem aqui. *Se arrumou desse jeito pra ficar em casa?* Ela sai para encontrar um de seus tantos homens e se depara com o meu na porta de entrada. *Ela se arrumou toda pra te ver, sabia?*
    Digo que estou gostando de dar aulas. *Você não é professora, é artista.* São aulas de teatro. *Cuidado pra não ser professora para sempre. Fica no máximo dois anos e sai, senão você se acomoda.* Você foi meu professor. *Fui e saí antes de me acomodar. Fuma um cigarro na minha frente?* Você não pode fumar comigo, não quero que passe vontade. *Eu quero sentir o cheiro.* Acendo. *Me dá um trago?* Dou o que você quiser, meu bem. *Sabe que só entrei no teatro quando era jovem por causa das meni-*

nas? *Eram muitas meninas bonitas e nenhum menino.* Ele tosse. *Vou para Barueri no final de semana. Lá tem um médico da família que tá me tratando, ele abre a clínica só pra mim.*

O dia começa a amanhecer e ele fala sem parar. Entra no banheiro e sai pálido. *Vomitei sangue.* Ele se ajoelha no tapete e começa a se contorcer. *Tô tendo uma crise, preciso ir para casa.* Como assim você não vai ficar mais tempo? A gente nem transou, nem dormiu juntos. *Eu quero ficar mais tempo, mas tô com muita dor.* Eu não acredito que você vai para casa agora. *Eu não acredito que você está brigando comigo nesse estado.* Não aguento mais lidar com essa situação dessa forma, quero que você fique aqui, quero cuidar de você. *O que você espera que eu faça?* Eu espero que você se divorcie logo. *Nós somos pessoas muito diferentes mesmo. Olha o escândalo que você está fazendo comigo nessas condições.*

Já sem forças, levo o homem agonizante até o portão. Ele suspira: *sabe qual o problema? O problema é que eu te amo. Apesar de tudo.* Ele vai embora enquanto o sol desponta.

58.

Nunca mais quero ver um nascer do sol na vida.

59.

Em uma lanchonete, ele mais uma vez me observa comer, estou desconfortável, ele diz que quer estar ali. Pego um punhado de sorvete com o dedo e passo no nariz dele, ele dá um riso cansado que aparece quando sou infantil, não me importo nesse momento, é necessário um pouco de pureza para lidar com um homem que definha enquanto me assiste viver, é preciso um humor ingênuo e ele fica engraçado com esse creme branco no nariz.

Na volta, um temporal alaga a cidade. Ele me abraça forte e me protege sob um guarda-chuva. Chegando em casa, pergunto sobre nossa prometida viagem. *Vou te levar para o sítio de um amigo. Semana que vem. Agora preciso ir para casa.* Faço birra, quero impedir que ele me diga *até logo*. Ele me coloca no colo e me nina até que eu pare de soluçar.

60.

Nossa viagem é amanhã. Ele não tem mais carro, vai alugar um. Me liga e atendo ansiosa. *Desmaiei e torci o pulso. Não vou conseguir dirigir. Tô indo pra sua casa agora.* Ele aparece com o pulso enfaixado. Beijo a boca dele e tudo o que sinto é cigarro. Você fumou? *Não.* Tá com cheiro de cigarro. É da rua. Sua boca tá com gosto de cigarro.

Mesmo com dor, ele me ajuda a trocar uns móveis de lugar. *Você é a luz da minha vida. Estou morrendo e meu casamento está no fim. Te ver é a única coisa que me faz feliz.*

61.

Segunda tentativa, estou com as malas prontas e ele chega no horário combinado. Esquálido, ofegante. *Tive uma vertigem. Manobrei o carro e bati na parede. Tô devendo um dinheiro absurdo para a empresa de aluguel. Deixei o carro lá mesmo e vim de metrô pra cá.*

Eu quero tanto viajar com você, tanto. *Acho que a gente precisa de uma melhora significativa do meu quadro pra essa viagem acontecer. Mas eu tenho uma notícia boa, sabe? Eu me separei.* Como assim? *Separei, só falta assinar os papéis. Tô na minha mãe, por conta da doença. A gente assume o namoro assim que eu assinar tudo.*

Mesmo morando com Rita, me afasto dela porque não consigo acompanhá-la nas festas. Sinto falta dele em qualquer lugar.

62.

Na porta da estação Sacomã do metrô, compro uma rosa para ele. Como vivemos em pleno sincronismo, ele também me leva um presente: um diário. Ele desenha um peixinho na primeira página, lembrando de quando eu contei para ele que matei meu peixe de tanto dar comida.

Ele sempre corre pequenos riscos de vida: o sexo, a tragada de cigarro e hoje decidimos pedir uma pizza. De repente, uma pergunta se instaura involuntária na minha cabeça: será que não quero, secretamente, que ele morra?

Deitamos apertados na cama de solteiro e ele me beija com a boca de manjericão. Pela primeira vez, não gosto do beijo. Estou estranha hoje, uma chave virou. Talvez eu não goste dele, talvez eu sinta pena. Não gosto da rotina, essa coisa de comer uma pizza e dormir, tudo sem intensidade, ele tem razão, a vida é ruim. Ele ronca e isso me irrita.

Deixo ele sozinho na cama e vou para a poltrona ao lado. Observo ele dormir ao mesmo tempo que me sinto culpada por estar ali julgando cada respiração dele. Por que estou diferente assim? Não sou capaz de entender a tristeza que ele me desperta agora, é uma inquietação que cresce e se torna maior que nós. Respiro. Essa não sou eu. Só estou com medo porque ele se separou. É normal sentir medo quando um sonho de muitos anos se realiza. Repito: é apenas medo. Ele esquece a blusa de frio quando vai embora de casa e começo a usar a blusa todos os dias, sinto o amor voltando para dentro de mim através da pele.

Pode ficar com essa, ainda assim vou escolher uma blusa mais bonita pra te dar. A blusa bonita nunca vem e fico com a feia mesmo, lindíssima.

63.

Escrevo duas peças e ele segura minha mão na estreia de ambas. E você, como trabalha doente desse jeito? *Já disse, ninguém que trabalha comigo sabe da minha doença. Se elas souberem, param de me chamar. Não pode contar para as pessoas, lembra?*
Véspera de natal, ele me leva um pequeno espelho bonito que eu coloco em cima da cômoda, ao lado de um porta-retrato com uma foto nossa. Eu o presenteio com um porta-retrato igual, a mesma foto, uma carta de amor, um relógio e um perfume caríssimo. *Sou alérgico a perfumes.* Uma pessoa pode surpreender mesmo depois de anos. Eu não sabia disso, jurava que ele usava perfume sempre. Fico constrangida por não saber, digo que vou trocar por outra coisa na loja.
Vou começar um tratamento experimental à distância com um médico dos Estados Unidos, amigo do médico que me trata aqui. Eles vão testar uma medicação injetável, com intervalo de alguns dias entre as doses. Talvez eu passe um tempo internado. É um tratamento arriscado e muito importante, pois essa gastrite pode evoluir para um câncer no pâncreas. Pra piorar, apareceu um nódulo esquisito na minha orelha. Pra piorar mais ainda, a Bina

tá doente, à beira da morte. Digo que tenho certeza que o tratamento vai funcionar, minha pressão cai, me seguro para não cair de joelhos.

Viajo para passar o natal na casa de praia dos meus pais, em Boraceia. Ele me liga todos os dias para contar sobre os efeitos colaterais e as internações. Um dia eu decido ligar e a ligação cai na caixa postal. Ele morreu, sei que morreu. Atormentada, escrevo mensagens até que ele apareça. Não dá mais pra ficar escondida desse jeito, meu bem. Se acontece alguma coisa com você, não consigo contatar sua família. *Você tem razão. Isso vai se resolver em breve.*

64.

É dia vinte sete de dezembro e ele me escreve: *hoje completamos seis anos e desejo que essa história dure muito mais. Amo você.* Sinto o baque dessa quantidade de tempo, penso em tudo, ele colhendo as flores do meu rosto quando eu era menina, as brigas e reconciliações, a tormenta que aos poucos foi se apaziguando e virando essa coisa aterrada, eterna. Ao mesmo tempo, parece que nada mudou. Estamos parados, trancados entre quatro paredes, não amanhece nem anoitece, é um limbo, tudo ao redor é desimportante, sigo sendo a mesma criança e ele o mesmo velho. Derreto em câmera lenta enquanto molho os pés no mar. Diluo-me na água.

Volto da praia, combinamos de passar o réveillon juntos e, um dia antes, começo a preparar uma ceia com todas as poucas coisas que ele pode comer. Ele liga: *me desculpa, meu amor, me desculpa. Vou precisar ficar na clínica em Barueri, tô em observação.* Quero te visitar. *Não faz isso com a sua virada, você nem vai poder ficar no quarto junto comigo. Quer que eu pague uma passagem pra você viajar para um lugar legal? Eu pago.* Não precisa.

Rita fica com pena e me leva para passar a virada de ano com a família dela. Aceito e levo a comida que preparei, para não estragar. Ele me liga pouco antes da meia-noite: *tô falando baixo assim porque tô afônico. Não consigo ficar acordado até meia-noite. Esse ano que se aproxima é nosso. A gente vai se casar.*

2017

65.

Decido olhar as redes sociais da ex-mulher para saber o que ela faz enquanto ele sofre na clínica. Está no Uruguai. A briga deve ter sido feia. Vejo uma foto de dois homens caminhando de costas, um é careca e o outro é grisalho, com o mesmo tom de pele dele, a mesma estatura, uma camiseta branca que parece familiar. Que insanidade! Qualquer homem pode ter uma camiseta branca. Qualquer homem pode ter essa estatura, qualquer homem pode ser grisalho, sinto falta de ar e escrevo para ele, tento meditar, ele responde rápido: *o que aconteceu? Tô preocupado com você*. Tento ligar vinte e oito vezes. É óbvio que ele não está viajando.

Você está paranoica, alerta Rita. *É impossível que ele esteja no Uruguai e aqui se tratando, ao mesmo tempo.* Sim, eu estou paranoica, doente, obcecada, dentre outras coisas provocadas pelo amor.

66.

Estamos abraçados no sofá. *O tratamento não deu efeito, os médicos já não sabem o que fazer e tô arriscando sessões com uma benzedeira.* Você é ateu. *Eu tô desesperado.* Eu também. *Contei sobre você pra minha mãe. Ela achou um absurdo eu me envolver com alguém agora. A tendência é piorar e posso morrer. Tô deprimido.*
Eu também estou deprimida. Delirante, cismada. Já não durmo há muitas noites.
Eu não ligo para o que minha mãe diz. Sua mãe é a única que sabe de mim? Nunca contou pra algum amigo? *Tem o Joel.* Quem é Joel? *Um amigo de longa data, já devo ter mencionado.* Nunca. *O Joel sabe de tudo.* Guardo esse nome como quem guarda um tesouro. *Diferente da minha mãe, ele me apoia. Semana que vem chego aqui com o divórcio assinado.*

67.

Hoje é o dia esperado, atendo o telefone e ele está chorando: *descobri algo terrível durante o trabalho espiritual. Eu sou um ser sozinho. Não posso ficar com ninguém.* Você tá maluco? *Vou morar no meio do mato.* Fala a verdade, você não se separou. *Eu me divorciei, acabou.* Fala a verdade. *Eu sou uma pessoa ruim e você é uma pessoa boa.* Você é um covarde. *Sim, eu sou.* Se você vai fazer isso comigo, se vai me abandonar, vem na minha casa e faz isso na minha frente.

Desligo. Rita entra no quarto por causa dos meus gritos, trazendo um copo d'água. *Isso foi só um surto dele. Um surto. Ele não sabe lidar com a doença.* O telefone toca, é ele mais uma vez: *desculpa, eu estava fora de mim. Vou pra sua casa cumprir o combinado. Te peço em casamento. Mas não tô bem. Posso ir amanhã?* Não. Eu sempre te digo sim, dessa vez, não. Ou você vem hoje ou não vem nunca mais.

68.

Uma flor seca nasce no lado direito do meu rosto, logo abaixo do olho. A raiz adentra uma pinta de nascença. Ainda que desidratada, ela permanece viva por quatro segundos e eu posso observá-la através do pequeno espelho em cima da cômoda. Um ruído dissonante se espalha pelo quarto quando a flor cai e se esfarela no chão. Estranho que tenha nascido assim, sem cor, às vésperas do carnaval. Nunca vi carnaval tão escuro, meu quarto é banhado apenas pela luz de um abajur azul.

Qual a cor ideal para a ocasião? Eu serei pedida em casamento. Será que minha avó também recebeu uma proposta ou se casou sem ser perguntada? Quando viva, ela me ensinou a fazer crochê para que eu me distraísse e não fizesse muito barulho. Talvez tenha sido tricô. Tricô plissado cor-de-rosa parece uma boa. E tem alguns detalhes em renda. O vestido é antigo, ser pedida em casamento também é. Quero sorrir, mas não tenho mais o mesmo entusiasmo. Quando abro muito a boca para os lados, meus olhos ficam com os cantos cheios de vincos. Impressionante que a flor tenha crescido em terra tão árida. Há tempos minha pele não florescia.

Sento na beirada da cama, meus pés balançam, pendurados. Inclino a coluna para frente com o nariz hipnotizado pelo cheiro dos farelos no chão, a boca entreaberta. Como é que uma flor nasce já tão perto da morte? Quase engulo a tela do celular. É ele. Leio a mensagem no corredor andando até a porta para recebê-lo: *Me lavei. Me arrumei. Mas meu corpo me diz que é hora de partir. Vai doer agora, mas o futuro será feliz. Obrigado por tudo, me perdoe por não poder ficar. Com amor, P.*

Ninguém está do lado de fora.

69.

Ligo três vezes e nada. Fui dura com ele ao telefone, chamei de covarde, a culpa é minha. Espanco a porta do quarto de Rita, que surge esfregando os olhos: *amiga, já é mais de meia-noite...* Você acha que ele se matou? *Quê? Lê isso.* Você acha que ele se matou? *Liga pra ele agora.* Eu já liguei, ele não atende. *Quer que eu fale com a ex-mulher dele?* Não adianta, eles se separaram, ela não vai saber.

Disco 190, o policial me atende. *Você brigou com seu namorado e ele disse que ia se matar?* Quero uma viatura atrás dele agora. *Só declaramos a pessoa como desaparecida depois de dois dias, senhora.* Ele pode estar morto! *Já tentou falar com alguém da família dele?* Não conheço a família dele. *Onde ele mora?* Ele está na casa da mãe dele. *E onde é essa casa?* Não sei.

Percebo então que não sei nada sobre o homem que amo. Não sei mais onde ele mora nem quem tem informações sobre ele. São seis anos. Sei tudo que ele gosta na cama, na cozinha e na arte, passei um quarto da minha vida atendendo a esses gostos. Todo o resto é uma névoa. Não sei ao certo o que meus pais têm feito, esqueci que tenho família. Tenho alguém além de Rita? Isolada com ele, estamos amalgamados. No último ano a morte se juntou a nós, disputando ele comigo. O policial não quer saber os gostos sexuais, gastronômicos e artísticos dele, também não quer detalhes da doença. Quer saber onde ele está. Desligo o telefone.

Essa aqui é a mãe dele, Rita me mostra a rede social de uma senhora. *Dei uma investigada, escrevi pra ela.*

Penso em todas as pessoas em comum. Minha ex--chefe, Julia, umas colegas, uns homens do teatro que só sei de nome. Escrevo para todos. É madrugada, todo mundo dorme.

A mãe dele sumiu, balbucia Rita. M*inha mensagem não foi respondida e o perfil dela desapareceu.* Não entendo. Grudo os olhos na tela do meu próprio celular e espero que alguém me responda.

70.

São oito da manhã e meus olhos seguem vermelhos, Julia é a primeira a me responder: *não acho que ele se matou*. Minha ex-chefe escreve em seguida: *nem sabia que ele estava doente, estamos juntos num projeto*. Um homem do teatro diz que não conhece a família dele, o outro diz que ele jamais se mataria. Outros tentam ligar para ele, preocupados. É quando me lembro de Joel, o único amigo que sabe de tudo. Escrevo para ele e a resposta vem rapidamente: *ele pediu para dizer que está vivo, apenas doente. Não sei o contexto dessa mensagem, não quero conversar nada além disso*. Como assim? É claro que você sabe! Por favor, me ajuda, pede pra ele falar comigo. *Desculpe a desconfiança, ele é casado. Se realmente aconteceu alguma coisa entre vocês, eu sinceramente fico chocado. Penso que ele jamais trairia a esposa dele*. Ele é divorciado. *Duvido de você até que ele confirme*. Pede pra ele confirmar então. Aproveita e pede pra ele falar diretamente comigo. *Não vou pedir. Não quero mediar conflito.*

Muitas horas sem comer ou dormir. Ele está vivo e há algo que não compreendo. Escrevo para ele mais uma vez e nada. Quero colar cartazes com o rosto dele nas ruas para ver se alguém o encontra. Sigo olhando todos os meus contatos até que me deparo com ela: Marina, a boneca russa. Está casada e grávida. Peço o telefone e ela me passa. Começo a ligação pedindo desculpas pela delicadeza do assunto. Estamos juntos, ele desapareceu. Queria saber se você tem alguma pista, notícia. *Ah, às vezes falo com ele porque compartilhamos a guarda da Bina.* A cadela! Como ela tá? *Ela tá bem.* Ele disse que ela estava morrendo. *Tá nada. Ele deixou a Bina aqui em casa quando foi viajar com a esposa no final do ano.* Viajar com a esposa? Lembro-me da foto do Uruguai. Cardiomegalia, gastrite atrófica autoimune, divórcio, vomitar sangue, braço quebrado, vertigens, viagens canceladas, dor agonizante, tratamento experimental. Finalmente descubro aquilo que todos já entenderam, inclusive Rita, que me olha receosa.

Marina, por que vocês terminaram? *Ele adoeceu. Depressão. Não saía da cama, não comia, não transava, ficava prostrado reclamando da própria doença. Disse que se consultava com um psiquiatra em Barueri, amigo da família. Nunca vi nenhum exame, nenhuma receita de remédio. Não aguentei ficar cuidando.* Parece que a doença muda, mas o médico de Barueri é personagem recorrente. *Vou te passar o contato de outras duas meninas que namoraram com ele, a Catarina e a Letícia. Ah, tem também a outra Marina, que foi amante dele durante nosso namoro.*

Escrevo para ele uma última vez: descobri. Você é nojento. E você tá fodido.

Dessa vez não espero resposta. O dia passa rasgando e eu vermelha como a ruína. Ele inventou a ruína, esse homem. Eu vomito os restos daquilo que nunca deveria ter engolido.

71.

Eu, Rita, Catarina, Letícia e as Marinas estamos sentadas em uma cafeteria, a mesma em que terminei com ele pela primeira vez. Agora ela parece um pouco mais iluminada. *Me traía sem parar e jurava fidelidade. Uma vez achei uma calcinha na gaveta dele e ele me convenceu de que a calcinha era minha,* diz uma. *Me separei do meu marido para ficarmos juntos, então ele sumiu,* relembra outra. Uma terceira atravessa, rindo: *Ele estava comigo em uma festa e, quando começaram a tirar fotos, ele disse que precisava sair para resolver um conflito armado.* A existência dele se resume a sugar a vida de mulheres com tragédias inventadas. Mulheres não, meninas. Todas ex-alunas. *E se a gente se juntasse pra bater nele?* Silêncio. Respondo que jamais bateria em alguém. Por quê? Sinto um ódio tão agudo, eu poderia despedaçá-lo, por que eu disse que não?

Penso e concluo que ele apanharia com gosto desde que ninguém soubesse. Ele precisa do segredo. A melhor forma de golpeá-lo é espalhando. Expondo. Não como um quadro que ninguém vê, mas como minha última cena.

72.

É carnaval e estou em um centro de rituais pagãos esperando para beber chá alucinógeno e inalar rapé. Preciso de respostas divinas. Ele me amou? Devo conversar com a esposa dele? Bebo. Convulsiono.

Uma coruja gigante me guia pelo deserto até que bato de frente com um círculo escuro, uma espécie de buraco suspenso no ar. Ele está dentro do buraco acompanhado de sua mulher. Percebo que ela vai defendê-lo, não tem conversa. Um círculo de luz à minha volta não permite que eu me aproxime dos dois. Tenho seis anos de idade e vejo o rosto do rapaz que enfia a mão dentro da minha calcinha. Esses homens estão ligados: o que abusa do meu corpo e o que abusa da minha mente. Estou na floresta e quem me acolhe é minha finada avó: *ele mentiu sobre tudo*. Assim como eu, ela nunca viveu um amor verdadeiro.

73.

Em casa, sinto o cheiro da minha avó no quarto vazio. Cheiro de planta. Minha avó ainda está em mim através de fios amaldiçoados tecidos pelo vulto que me assombra. Ela era cercada por ele também. Antes de morrer, me disse: *eu estava fazendo palavras cruzadas e descobri o que significa êxodo. Ouvi essa palavra a vida inteira e nunca soube o que era. Êxodo significa saída.*

74.

Hoje faz um mês que descobri o que aconteceu. Uma das pessoas para as quais contei já sabia: *sei por que ele tá espalhando a versão dele, dizendo que você é exagerada e que vocês tiveram algo totalmente casual. Ele nega a doença, as promessas... Diz que você é mitômana.*
Não é possível que depois de seis anos de mentiras, a mentirosa seja eu. É brutal. Abro um pequeno vidro de desinfetante azul e bebo metade, para purificar. Apago embaixo da mesa de jantar.

Abro os olhos e Rita está agachada ao meu lado, um rosto de pavor cheio de purpurina por causa de alguma festa. *Precisamos conversar, vem comigo ali pro sofá.* Vou. *Amiga, eu te amo. Te amo, mas não consigo cuidar de você desse jeito. Você não come, não toma banho, não ajuda com as tarefas de casa. Você precisa de uma ajuda que eu não consigo te dar, isso tá me sugando.*

Percebo que nada é incondicional. Ela tem razão, eu também ficaria incomodada. Não consigo frear a autodestruição. Pensando bem, a casa me faz mal, é repleta de lembranças dele. Se ninguém cozinhar para mim, vou continuar perdendo peso. Volto para a casa dos meus pais.

75.

Tenho medo de sair na rua e encontrá-lo, só saio para trabalhar. Medo porque alguém que fez aquilo poderia fazer qualquer coisa. Quem faz uma coisa dessas? Eu me pergunto: quem faz uma coisa dessas? Cria doenças graves, sintomas, médicos, tratamentos, promessas. O que ele ganha com isso? Se ele queria atenção, era só me pedir, eu já dava tudo de mim muito antes das mentiras se agravarem tanto. Não havia nada que eu negasse a ele, nada, o que mais ele queria?

Acho que é sadismo, um prazer em me ver chorar de preocupação e desejo, perder o sono por ele, sentir culpa ao comer, culpa ao fumar, sadismo puro, quão longe um sádico pode ir? Nada que eu dei foi suficiente, ele queria minha alma.

Eu seria capaz de pisar no crânio dele até que quebre, cortar todos os ligamentos do corpo, torcer os dedos, picotar o pau devagar usando um alicate. Eu abriria um buraco na pele dele com minhas unhas pontudas, entraria por completo nesse buraco e mastigaria cada um dos seus órgãos, a começar pelo coração. Mascaria como se fosse chiclete. Será? Sinto medo de mim.

76.

Catarina, Letícia e as Marinas se encarregam de espalhar o que aconteceu. Minha cena vai apenas servir como arremate para o burburinho que já corre na classe teatral paulistana. Não preciso dizer muito, todo mundo já sabe. Ainda assim, quero dizer. Escrevo um resumo do que aconteceu, meia hora de texto. Para mim tudo importa, ninguém vai prestar atenção nisso. Rita pede para roteirizar, ela transforma minha palestra de trinta minutos em um monólogo de dez. Todos os principais eventos estão ali, só preciso decorar. A cena mais longa que já fiz sozinha.

Todas as noites, ao chegar do trabalho, digo o texto todo olhando para o espelho. Meus pais fingem que não escutam. Forço a memória, não consigo lembrar o que eles estavam fazendo nesses últimos anos. Só ele existia. É importante que eu diga isso: tudo à minha volta sumiu. Um quarto suspenso, um carro ilhado, não há pessoas ou cidade ao redor.

77.

Eu sempre fazia a transição do trem para o metrô na estação Tamanduateí, que está na linha verde. Era como eu chegava na Chácara Klabin. Agora desço no Brás, para pegar a linha vermelha em direção à República. Essa baldeação tem o triplo de pessoas andando em todas as direções, não consigo entender se estou no fluxo ou contrafluxo. Vejo um homem maltrapilho falando sozinho. Ele está bêbado e grita palavras desconexas, não sai do lugar, discursa como se estivesse em um púlpito.

Uso o mesmo vestido rosa que usei quando esperei por ele pela última vez, os olhos com o delineado gatinho que nunca tive coragem de fazer por causa da minha tendência à assimetria. Me vejo no reflexo da vidraça de uma loja de sapatos dentro da estação. Sim, o delineado está torto. O olhar desarmônico pode tirar toda a minha credibilidade, ainda assim quero esse delineado, sempre quis. Talvez eu também devesse beber algo.

Hoje é a estreia de uma peça dele. Rita e minhas novas amigas estarão na plateia comigo. Dessa vez não vou assistir, o plano é invadir o palco e fazer a cena. Ao chegar no teatro, me decepciono ao perceber que ele não está no público. Queria vê-lo desmanchar de vergonha.

Estou sentada na primeira fileira. O teatro parece uma arena, não é um palco alto e sim uma arquibancada que culmina no chão. As luzes sobre nós se apagam e as da cena se acendem. Os atores entram em coro. Me surpreendo ao ver que a esposa dele está no meio, foi promovida de produtora a atriz. Antes que o coro diga qualquer coisa, piso no foco de luz. Sinto que enfio o pé em um mar gelado, como sempre sonhei. Mergulho o outro pé e nado da borda para o meio, as ondas já batem no pescoço. Olho para as pessoas e me preparo para falar. Todas me olham de volta com pouca curiosidade e muita apreensão: elas já sabem. Não há nada que eu precise dizer. O peixe que rói ossos novamente está dentro de mim, o peixe que matei, dessa vez na minha garganta. Não aguento, preciso colocá-lo para fora, ele é maior do que pensei. Vomito lentamente um peixe sem fim. Com a boca imensa, ele engole toda a água ao redor, cai no chão seco e se debate até a morte. Agacho-me para pegar o corpo do animal como se fosse um filhotinho em apuros, ensaio um grito que não sai. Me levanto, olho para frente com o bicho em mãos e digo trêmula: Pedro. O nome dele é Pedro.

Noto que algumas pessoas me filmam com os celulares. Minhas amigas vão até o palco e seguram o peixe junto comigo. Muitas mulheres se levantam e aplaudem. Um homem desconhecido levanta vaiando, o que encoraja algumas mulheres a vaiarem também. Júlia está no grupo das vaias, os olhos estreitos de raiva. Há cinco mulheres ao meu lado e Pedro ainda não está, talvez nunca chegue.

Entendo a má recepção: sou uma amante pérfida, dissimulada, meticulosa, vingativa, vigarista, vilã, uma femme fatale destruindo um infeliz por puro capricho. Tento, na medida do possível, acreditar no meu estigma de vagabunda, a triste verdade é bem menos interessante: fui apenas burra.

A plateia se dispersa. Todos os atores saem do palco, com exceção da esposa dele. Atrás de nós, ela faz a peça sozinha. Mesmo encharcada pela água, segue inabalável, determinada a não mudar o curso das coisas.

78.

Uma longa madrugada se passa, estou desperta em meu quarto cor-de-rosa, o celular vibra, tenho certeza que é ele. É um número desconhecido. *Oi, sou Paula*, diz uma mulher do outro lado da linha. *Estou ligando porque sei dos boatos e vi um vídeo da sua cena. Pelo que entendi, Pedro esteve comigo durante os últimos meses que você passou em Londres. Disse que queria se casar comigo, tudo igual. Inventou uma doença e sumiu, acho que foi pouco depois do seu retorno pra cá. Ele não foi meu professor, foi banca de um edital que eu participei. Gostou do meu texto e me localizou através do meu nome. Ele usa isso de ser professor, curador... É assim que ele ataca.*

As filmagens da minha cena correm o país inteiro. A essa altura Pedro sabe disso e das tantas mulheres dizendo a mesma coisa. Continua em silêncio, escondido. Não falta quem o defenda.

79.

O chefe da escola particular me liga, diz que vai me proteger. O chefe do projeto social também liga e, com uma voz mais agitada, me chama para uma reunião.

Espero meu patrão dentro de uma sala. Há uma mesa circular e me sento em uma das cadeiras ao redor dela, imaginando que tipo de diálogo teremos. Se o chefe de uma escola privada teve uma abordagem tão humanizada comigo, creio que esse será ainda mais harmonioso, pois é um homem socialmente engajado. Ele não entra sozinho na sala, está acompanhado de cinco pessoas. Uma gestora de crises, três coordenadoras do projeto e o meu assistente, Elias.

Elias me olha com fúria e sei o motivo. Ele está na peça que invadi. É o primeiro a abrir a boca: *agora o espetáculo está sendo boicotado por sua causa*. Não é por minha causa. O culpado é Pedro, o que ele fez foi abuso e — *Pedro não é abusador até que um juiz no tribunal diga que ele é*, interrompe Elias.

Entendo o propósito da reunião. É um ataque.

E seus alunos? Todos eles sabem agora, emenda meu chefe. Posso perfeitamente conversar com os alunos sobre tudo isso, respondo. *Se você sabe conversar, por que não resolveu essa situação batendo na porta do seu ex e conversando? Precisava ter se exposto dessa maneira?* Replica a gerente de crises. Procuro os olhos das coordenadoras, elas desviam e olham para o chão.

Impossível confiar em uma pessoa que se expõe assim, continua o patrão. *Você pode perfeitamente sair daqui e dizer que abusamos de você, por exemplo.* Essa fala é tão desgraçada que começo a chorar. Ele aproveita: *Você está muito deprimida. Tem certeza que consegue continuar dando aulas?*

É quando entendo aonde eles querem chegar. Se eles me demitem, fica feio. Eles têm um lado e não é o meu.

Ele não perde trabalhos por ter feito o que fez, eu devo perder por ter revelado a verdade. A mansa Ofélia que já fui um dia me vem à cabeça: será que me afogo? Não é o que quero. Digo que vou permanecer no projeto. Sou um animal atroz, sinto a saliva cheia de sangue.

80.

Julia é uma mulher que não tem limites em seu oportunismo. A minha denúncia levanta debates sobre casos semelhantes no meio artístico, é claro. Ela decide aproveitar o momento para fazer um "evento feminista de dramaturgia", no qual todas as dramaturgas de São Paulo são convidadas, todas, até mesmo as desconhecidas que escreveram uma única peça na vida. Menos eu.

Nenhuma das minhas colegas declina a proposta para participar do evento. *Você entende? É trabalho.* Vale tudo por um pouco de visibilidade. *É claro que foi horrível ela ter se aproveitado da sua situação pra se promover, claro. Mas todo mundo vai estar, eu não tenho como recusar.* Todo mundo menos eu. Menos eu, a ponta de lança, a mulher que vomitou um peixe imenso na frente de todo mundo.

Respondo cem mensagens diárias de mulheres que acham que eu sou uma espécie de salvadora, uma heroína, a solução para as relações terríveis que vivem. Posso ajudar muito pouco. Não quero ter fãs, sou uma farsa. Que tipo de feminista limpa o próprio mijo com a escova de dentes de outra mulher? E que tipo de feminista odeia tanto outra mulher na mesma medida em que odeio Julia?

81.

Tento, pela primeira vez em muito tempo, chupar o pau de um homem diferente, e é como chupar um pedaço de isopor. Nada problemático com o sabor ou a textura do pau, mas com a falta de contexto dele. Eu não sinto nada por esse homem, o pau não tem gosto.

Trepo com outras pessoas mais de uma vez e sempre tem cheiro de esgoto. A vida é um esgoto, lembro das palavras de Pedro. Nunca mais vou sentir prazer. Estrago meu corpo banhado em nojo.

82.

Uma amiga de Rita deixa que eu use seu quintal para queimar todas as coisas que Pedro me deu: blusa, espelho, diário, um bocado de peças teatrais impressas. Estou bêbada com essas duas mulheres em volta da fogueira e gosto de ver tudo derreter. É feitiçaria, como a vela no mel, dessa vez a vela sou eu. Fui queimada pela primeira vez quando me vaiaram e agora estou em chamas através dos meus amuletos, de todas as coisas que amei e acreditei. Por último, com muita resistência, jogo o livro de Virginia Woolf.

É difícil essa coisa da convivência em um relacionamento, diz a amiga. *Os meses passam e é quase impossível não cair na rotina.* Não acho difícil. Passei seis anos com Pedro e não aconteceu isso de enjoar. Eu gostava mais dele a cada dia. *Seu caso é diferente, completamente diferente. O que você teve não foi um relacionamento.* Rita sente um arrepio na espinha e curva-se como um felino, ela sabe que uma fala dessas tem consequências. Não foi um relacionamento, é isso o que Pedro diz para todo mundo, não foi um relacionamento, é assim que ele me diminui, me faz duvidar do que aconteceu, duvidar de mim, não foi um relacionamento, o que eu vivi não existe, não é válido, é minúsculo, o meu amor não foi capaz de construir coisa alguma.

Corro para um quarto da casa segurando a garrafa de vinho branco e o que restou do livro que tentei salvar do fogo.

83.

O meu amor não foi capaz de construir coisa alguma, o meu amor não foi capaz de construir coisa alguma, o meu amor não foi capaz de construir coisa alguma, abro minha bolsa e encontro uma cartela de zolpidem, engulo um, amor, engulo dois, amor, engulo três, quatro, cinco, a cartela inteira, pego a cartela de outro remédio, já não consigo reconhecer qual deles, destaco todos, não construí coisa alguma, coloco tudo de uma vez dentro da boca e uso o vinho para ajudar a descer, foi capaz, perco o controle das mãos, minha cabeça incha e a pele adormece, não vejo mais coisa alguma, coisa alguma, caio no chão, o vulto que me apavora enlaça seus braços em mim.

Acho que batem na porta que tranquei, como eu poderia saber? Estou morta.

84.

Deitada, meu corpo segue se movendo, como se eu estivesse sobre rodas. Não consigo abrir os olhos. Ouço a voz de Rita dizer que minha respiração está fraca, é quando percebo que meu coração está disparado. Sinto que uma luz entra no ambiente. Sou arrastada e consigo ver algo pela primeira vez: uma ambulância que se distancia enquanto meu corpo é levado. Uma maca, tudo escuro. Um clarão, meu corpo desperta, pronto-socorro.

A gente vai precisar passar um caninho por dentro do seu nariz, tudo bem? É um pouco incômodo, mas bem rápido. Me levanto cambaleante e digo que não precisa disso, vou tentar vomitar. Dois enfermeiros me colocam de volta na maca antes que eu comece a andar. Mesmo com a visão turva, vejo o cano lambuzado de lubrificante e ele não é pequeno. Colocam guardanapos em volta do meu pescoço e enfiam o tubo na narina direita. Vomito quando o cano passa pela faringe.

Observo o líquido azul que sai de dentro do meu corpo através da sonda nasogástrica. É como quando eu derreto, dissolvo, desapareço. *Essa coisa azul é remédio*, diz o enfermeiro. *Você fez isso porque estava muito triste?*

85.

Estou na UTI e, agora, ao invés de tirar líquido azul de dentro do meu corpo, a sonda enfia líquido preto. Posso sentir algo gelado passando pela minha garganta o tempo todo. Uso fralda porque o carvão ativado que entra também sai.

Tenho fios grudados no corpo inteiro, medindo os batimentos. Minha cama é de frente para uma parede laranja, enquanto a do idoso que está no leito ao lado é de frente para uma televisão. Acho que estou de castigo, ninguém gosta de suicidas. Impossível dormir com essa coisa enfiada no nariz. Peço um remédio para apagar, a médica diz que eles estão, justamente, tirando esse tipo de remédio do meu organismo.

Você é a mulher mais linda desse hospital, diz uma enfermeira. *Se eu estivesse nessas condições, sem maquiagem e com essa sonda, eu ficaria horrível. Você está bonita.* Sei que ela diz para agradar, aceito o elogio. Vejo que em seu crachá está escrito "Verônica". Ela troca minha fralda e assim nasce uma amizade. *Tá calor, né? Acredita que na noite passada eu sonhei que estava derretendo? Eu ia me desfazendo de baixo pra cima.* Acordei com *muita dor de cabeça. Queria ir para a praia.* Ela arregaça as mangas e revela a palavra "êxodo" tatuada no pulso.

Verônica é mais jovem que eu. Tem um rosto redondo com pálpebras salientes. Pergunta toda hora aos colegas de trabalho se alguém precisa que ela vá até a farmácia, parece uma obsessão em sair para passear. Uma enfermeira pergunta a ela o que tem de tão interessante lá e elas caem na risada. A enfermeira mais uma vez pergunta algo, só que sussurrando, não consigo entender. Espicho o ouvido a tempo de escutar a resposta de Verônica: *ele ainda tá casado, me disse que vai terminar logo.*

Uma flor rosa nasce no queixo de Verônica. Ela arranca a flor constrangida, na esperança de que ninguém tenha visto a belladonna venenosa que fez morada em sua pele.

Isso não acontece só comigo.

Não sei que ano é hoje

86.

Vejo o mundo em preto e branco e por isso adoto um gato com as mesmas cores. Ele preenche meus dias com arranhões e brandura. Justo eu, que costumava lamber o sangue dos animais que comia, sou agora devota a um e não tenho mais coragem de vê-los no prato.

Bino ronrona e encosta o focinho em meu rosto, oferecendo um amor que nunca tive. Um homem tenta me oferecer esse amor também. Como o gato, ele me arranha, me afofa, dorme com o rosto grudado no meu. O tempo que passamos juntos é o mais próximo da mornidão que já cheguei, todo dia é um cinza, uma comida sem sal, um programa de auditório daqueles que se escuta o zumbido para conseguir dormir no sofá da sala. Tento escrever cartas, nenhuma é dessas que se escreve para salvar a própria vida ou para não explodir. Passo horas na ausência de palavras e sentimentos urgentes, sinto somente pena.

Consigo sustentar a pena por sete meses. É o suficiente para provar para mim mesma que não sou inamável. Talvez eu não goste de quem gosta de mim, salvo o gato.

87.

Meus pais viajam a trabalho e fico sozinha em casa com Bino. Eles passarão anos lá enquanto eu passo noites insones. Lembro da insônia de Pedro, tudo de mentira. Rita tem como maior passatempo espionar as redes sociais da mulher dele. Descobriu que ela nunca o abandonou e que ele não faz mais teatro, mas segue sendo um impostor: trabalha ensinando pessoas a administrar as finanças que ele nunca soube organizar. Muitas mulheres sentem culpa por expor um homem que até então era visto como bom e honesto. Eu não sinto. Gostaria de ter tido um papel bem maior nesse estrago, ainda havia pessoas dispostas a mantê-lo no mundo das artes. Foi ele mesmo quem escolheu outro caminho.

Além disso, Rita descobriu que Pedro e a esposa tiveram uma filha. O que me amedronta é que essa filha, um dia, terá a idade que eu tinha quando o conheci. Quando ela precisar fazer um trabalho escolar e levar suas amigas de dezessete anos para casa, perceberá com incômodo o olhar lúbrico de seu pai, que tem uma clara predileção — aos vinte e cinco me tornei velha para ele.

Pedro também é velho para mim, seus cabelos caíram e seu rosto murchou. Apesar das minhas tendências taciturnas, ele morrerá antes de mim e eu poderei voltar a dormir. Pedro morrerá de todas as doenças que inventou.

88.

Estou na farmácia com a receita dos meus remédios, escuto um funcionário gritar: Ítalo, atende a moça ali. Ítalo vem até mim e sinto uma coisa familiar: incômodo com a feiura. Um bronzeado que não brilha, uma boca que não fecha. Ele olha para os meus pés e segue lentamente pelo meu corpo até os olhos, um sorriso de flerte se abre em seu rosto. Vejo um anel no dedo dele: uma aliança também sem brilho, de uma opacidade enfurecedora. Lembro do rosto florido da enfermeira Verônica, de sua fixação pela farmácia.

Como posso te ajudar, linda? Cerro os olhos e as mãos, sinto náusea, repulsa, uma presença como a dele nunca morre, ele sorri enquanto arranca cada uma das flores, a boca dele está em decomposição, ele me olha da mesma forma que um homem alegre olha para uma mulher estúpida.

Meu punho fechado desfere um soco na boca de Ítalo.

Vejo que ele vem para cima, saio antes que ele revide, não posso morrer, não caibo mais no caixão, tropeço em meus próprios pés ao pisar na calçada e arranho a cara no asfalto coberto por flores, elas caíram de uma árvore bem em frente à farmácia. Engulo uma pétala e sinto o gosto de mato misturado ao sangue em meu rosto, me arrasto e lambo o chão, devoro as flores como se eu fosse

um demônio, ele vem aí, levanto-me, a face besuntada em plasma e seiva.
 Corro.

Este livro foi composto em Sabon LT Std
e impresso em papel pólen bold 90 g/m²,
em novembro de 2023.